莎士比亚全集·中文本（典藏版）
William Shakespeare: Complete Works

［英］威廉·莎士比亚（William Shakespeare）著
辜正坤 主编／辜正坤 曹明伦 译

莎 士 比 亚 诗 集

Poems and Sonnets

外语教学与研究出版社
北京

京权图字：01-2016-5029

图书在版编目（CIP）数据

莎士比亚诗集／（英）威廉·莎士比亚（William Shakespeare）著 ；辜正坤，曹明伦译． -- 北京：外语教学与研究出版社，2024.6. --（莎士比亚全集／辜正坤主编）. ISBN 978-7-5213-5335-8

　　I. I561.23

中国国家版本馆 CIP 数据核字第 20248YY425 号

莎士比亚诗集
SHASHIBIYA SHIJI

出 版 人　王　芳
项目负责　邢印姝　郭芮萱
责任编辑　李　鑫
责任校对　李亚琦
封面设计　张　潇
出版发行　外语教学与研究出版社
社　　址　北京市西三环北路 19 号（100089）
网　　址　https://www.fltrp.com
印　　刷　三河市紫恒印装有限公司
开　　本　710×1000　1/16
印　　张　14
字　　数　224 千字
版　　次　2024 年 6 月第 1 版
印　　次　2024 年 6 月第 1 次印刷
书　　号　ISBN 978-7-5213-5335-8
定　　价　68.00 元

如有图书采购需求，图书内容或印刷装订等问题，侵权、盗版书籍等线索，请拨打以下电话或关注官方服务号：
客服电话：400 898 7008
官方服务号：微信搜索并关注公众号"外研社官方服务号"
外研社购书网址：https://fltrp.tmall.com

物料号：353350001

出版说明

1623 年，莎士比亚的演员同僚们倾注心血结集出版了历史上第一部《莎士比亚全集》——著名的第一对开本，这是三百多年来许多导演和演员最为钟爱的莎士比亚文本。2007 年，由英国皇家莎士比亚剧团（Royal Shakespeare Company）推出的《莎士比亚全集》，则是对第一对开本首次全面的修订。

本套《莎士比亚全集》新汉译本，正是依据当今莎学界最负声望的皇家版《莎士比亚全集》翻译而成。译本的凡例说明如下：

一、**文体**：剧文有诗体和散体之分。未及最右行末即转行的为诗体。文字连排、直至最右行末转行的，则为散体。

二、**舞台提示**：

1）角色的上场与下场及其他舞台提示以仿宋体排出，穿插于剧文中的舞台提示以圆括号进行标注，如：（对亨利王子）。

2）舞台提示中的特殊符号。译本所依据的皇家版《莎士比亚全集》的编辑者对舞台提示中的不确定情形以特殊符号予以标注，译本亦保留了这些符号：如（旁白？）表示某行剧文既可作为旁白，亦可当作对话；又如某个舞台活动置于箭头 ↓↓ 之间，表示它可发生在一场戏中的多个不同时刻。

三、**脚注**：脚注中除标注有"译者附注"字样的，均译自或改编自皇家版《莎士比亚全集》注释。脚注多为对剧文中背景知识及专名的解释，以使读者更好地理解剧情；亦包含部分与英文原文相关的脚注，以使读者在品味译者的佳文时，亦体验到英文原文的精妙。

四、文本：译本以第一对开本为蓝本，部分剧目中四开本与之明显相异的段落亦有译出，附于正文之后，供读者参考。

此《莎士比亚全集》新汉译本历经策划、翻译、编辑加工和印装等工序，各个环节的参与者均竭尽全力，力求完美，但由于水平、精力所限，难免有所错漏，敬请广大读者赐教指正。

外语教学与研究出版社
综合出版事业部

莎士比亚诗体重译集序

辜正坤

他非一代骚人，实属万古千秋。

这是英国大作家本·琼森（Ben Jonson）在第一部《莎士比亚全集》（*Mr. William Shakespeares Comedies, Histories, & Tragedies*, 1623）扉页上题诗中的诗行。三百多年来，莎士比亚在全球逐步成为一个家喻户晓的名字，似乎与这句预言在在呼应。但这并非偶然言中，有许多因素可以解释莎士比亚这一巨大的文化现象产生的必然性。最关键的，至少有下面几点。

首先，其作品内容具有惊人的多样性。世界上很难有第二个作家像莎士比亚这样能够驾驭如此广阔的题材。他的作品内容几乎无所不包，称得上英国社会的百科全书。帝王将相、走卒凡夫、才子佳人、恶棍屠夫……一切社会阶层都展现于他的笔底。从海上到陆地，从宫廷到民间，从国际到国内，从灵界到凡尘……笔锋所指，无处不至。悲剧、喜剧、历史剧、传奇剧，叙事诗、抒情诗……都成为他显示天才的文学样式。从哲理的韵味到浪漫的爱情，从盘根错节的叙述到一唱三叹的诗思，波涛汹涌的情怀，妙夺天工的笔触，凡开卷展读者，无不为之拊掌称绝。即使只从莎士比亚使用过的海量英语词汇来看，也令人产生仰之弥高的感觉。德国语言学家马克斯·缪勒（Max Müller）原以为莎士比亚使用过的词汇最多为 15,000 个，事后证明这当然是小看了语言大师的词汇储藏量。美国教授爱德华·霍尔登（Edward Holden）经过一番考察后，认为至少达 24,000 个。可是他哪里知道，这依然是一种低估。有学者甚至声称用电脑检索出莎士比亚用的词汇多达 43,566 个！当然，这些数据还不是莎士比亚作品之所以产生空前影响的关键因素。

其次，但也许是更重要的原因：他的作品具有极高的娱乐性。文学作品的生命力在于它能寓教于乐。莎士比亚的作品不是枯燥的说教，而是能够给予读者或观众极大艺术享受的娱乐性创造物，往往具有明显的煽情效果，有意刺激人的欲望。这种艺术取向当然不是纯粹为了娱乐而娱乐，掩藏在背后的是当时西方人强有力的人本主义精神，即用以人为本的价值观来对抗欧洲上千年来以神为本的宗教价值观。重欲望、重娱乐的人本主义倾向明显对重神灵、重禁欲的神本主义产生了极大的挑战。当然，莎士比亚的人本主义与中国古人所主张的人本主义有很大的区别。要而言之，前者在相当大的程度上肯定了人的本能欲望或原始欲望的正当性，而后者则主要强调以人的仁爱为本规范人类社会秩序的高尚的道德要求。二者都具有娱乐效果，但前者具有纵欲性或开放性娱乐效果，后者则具有节欲性或适度自律性娱乐效果。换句话说，对于 16、17 世纪的西方人来说，莎士比亚的作品暗中契合了试图挣脱过分禁欲的宗教教义的约束而走向个性解放的千百万西方人的娱乐追求，因此，它会取得巨大成功是势所必然的。

第三，时势造英雄。人类其实从来不缺善于煽情的作手或视野宏阔的巨匠，缺的常常是时势和机遇。莎士比亚的时代恰恰是英国文艺复兴思潮达到鼎盛的时代。禁欲千年之久的欧洲社会如堤坝围裹的宏湖，表面上浪静风平，其底层却汹涌着决堤的纵欲性暗流。一旦湖堤洞开，飞涛大浪呼卷而下，浩浩汤汤，汇作长河，而莎士比亚恰好是河面上乘势而起的弄潮儿，其迎合西方人情趣的精湛表演，遂赢得两岸雷鸣般的喝彩声。时势不光涵盖社会发展的总趋势，也牵连着别的因素。比如说，文学或文化理论界、政治意识形态对莎士比亚作品理解、阐释的多样性与莎士比亚作品本身内容的多样性产生相辅相成的效果。"说不尽的莎士比亚"成了西方学术界的口头禅。西方的每一种意识形态理论，尤其是文学理论，要想获得有效性，都势必会将阐释莎士比亚的作品作为试金石。17 世纪初的人文主义，18 世纪的启蒙主义，19 世纪的浪漫主义，20 世纪的现实主义或批判现实主义，都不同程度地、选择性地把莎士比亚作品作为阐释其理论特点的例证。也许 17 世纪的古典主义曾经阻遏过西方人对莎士比亚作品的过度热情，但是 19 世纪的浪漫主义流派却把莎士比亚作品推崇到无以复加的崇高地位，莎士比亚俨然成了西方文学的神灵。20 世纪以来，西方资本主义阵营和社会主义阵营可以说在意识形态的各个方面都互相对立，势同水火，可是在对待莎士比亚的问题上，居然有着惊人的共识与默契。不用说，社会主义阵营的立场与社会主义理论的创始人马克思（Karl Marx）、恩格斯（Friedrich Engels）个人的审美情趣息息相关。马克思一家都是莎士比亚的粉丝；马克思称莎士比亚为"人类最伟大的天才之一，人类文学奥林波斯山上的宙斯"！他号召作家们要更加莎士比亚化。恩格斯甚至指出："单是《快乐的温莎巧妇》[1]的第一幕就比全部德国文学包含着更多的生活气息。"不用说，这些话多多少少有某种程度的文学性夸张，但对莎士比亚的崇高地位来说，却无疑产生了极大的推动作用。

第四，1623 年版《莎士比亚全集》奠定莎士比亚崇拜传统。这个版本即眼前译本所依据的皇家版《莎士比亚全集》（*The RSC William Shakespeare: Complete Works*, 2007）的主要内容。该版本产生于莎士比亚去世的第七年。莎士比亚的舞台同仁赫明奇（John Heminge）和康德尔（Henry Condell）整理出版了第一部莎士比亚戏剧集。当时的大学者、大

---

1 英文剧名为 The Merry Wives of Windsor，朱生豪先生译作《温莎的风流娘儿们》；重译本综合考虑剧情和英文书名，译作《快乐的温莎巧妇》。

作家本·琼森为之题诗，诗中写道："他非一代骚人，实属万古千秋。"这个调子奠定了莎士比亚偶像崇拜的传统。而这个传统一旦形成，后人就难以反抗。英国文学中的莎士比亚偶像崇拜传统已经形成了一种自我完善、自我调整、自我更新的机制。至少近两百年来，莎士比亚的文学成就已被宣传成世界文学的顶峰。

第五，现在署名"莎士比亚"的作品很可能不只是莎士比亚一个人的成果，而是凝聚了当时英国若干戏剧创作精英的团体努力。众多大作家的智慧浓缩在以"莎士比亚"为代号的作品集中，其成就的伟大性自然就获得了解释。当然，这最后一点只是莎士比亚研究界若干学者的研究性推测，远非定论。有的莎士比亚著作爱好者害怕一旦证明莎士比亚不是署名为"莎士比亚"的著作的作者，莎士比亚的著作便失去了价值，这完全是杞人忧天。道理很简单，人们即使证明了《红楼梦》的作者不是曹雪芹，或《三国演义》的作者不是罗贯中，也丝毫不影响这些作品的伟大价值。同理，人们即使证明了《莎士比亚全集》不是莎士比亚一个人创作的，也丝毫不会影响《莎士比亚全集》是世界文学中的伟大作品这个事实，反倒会更有力地证明这个事实，因为集体的智慧远胜于个人。

皇家版《莎士比亚全集》译本翻译总思路

横亘于前的这套新译本，是依据当今莎学界最负声望的皇家版《莎士比亚全集》进行翻译的，而皇家版又正是以本·琼森题过诗的 1623 年版《莎士比亚全集》为主要依据。

这套译本是在考察了中国现有的各种译本后，根据新的历史条件和新的翻译目的打造出来的。其总的翻译思路是本套译本主编会同外语教学与研究出版社的相关领导和责任编辑讨论的结果。总起来说，皇家版《莎士比亚全集》译本在翻译思路上主要遵循了以下几条：

1. 版本依据。如上所述，本版汉译本译文以英国皇家版《莎士比亚全集》为基本依据。但在翻译过程中，译者亦酌情参阅了其他版本，以增进对原作的理解。

2. 翻译内容包括：内页所含全部文字。例如作品介绍与评论、正文、注释等。

3. 注释处理问题。对于注释的处理：1）翻译时，如果正文译文已经将英文版某注释的基本含义较准确地表达出来了，则该注释即可取消；2）如果正文译文只是部分地将英文版对应注释的基本含义表达出来，则该注释可以视情况部分或全部保留；3）如果注释本身存疑，可以在保留原注的情况下，加入译者的新注。但是所加内容务必有理有据。

4. 翻译风格问题。对于风格的处理：1）在整体风格上，译文应该尽量逼肖原作整体风格，包括以诗体译诗体，以散体译散体；2）在具体的文字传输处理上，通常应该注重汉译本身的文字魅力，增强汉译本的可读性。不宜太白话，不宜太文言；文白用语，宜尽量自然得体。句子不要太绕，注意汉语自身表达的句法结构，尤其是其逻辑表达方式。意义的异化性不等于文字形式本身的异化性，因此要注意用汉语的归化性来传输、保留原作含义的异化性。朱生豪先生的译本语言流畅、可读性强，但可惜不是诗体，有违原作形式。当下译本是要在承传朱先生译本优点的基础上，根据新时代的读者审美趣味，取得新的进展。梁实秋先生等的译本，在达意的准确性上，比朱译有所进步，也是我们应该吸纳的优点。但是梁译文采不足，则须注意避其短。方平先生等的译本，也把莎士比亚翻译往前推进了一步，在进行大规模诗体翻译方面作出了宝贵的尝试，但是离真正的诗体尚有距离。此外，前此的所有译本对于莎士比亚原作的色情类用语都有程度不同的忽略，本套皇家版译本则尽力在此方面还原莎士比亚的本真状态（论述见后文）。其他还有一些译本，亦都应该受到我们的关注，处理原则类推。每种译本都有自己独特的东西。我们希望美的译文是这套译本的突出特点。

5. 借鉴他种汉译本问题。凡是我们曾经参考过的较好的译本，都在适当的地方加以注明，承认前辈译者的功绩。借鉴利用是完全必要的，但是要正大光明，避免暗中抄袭。

6. 具体翻译策略问题特别关键，下文将其单列进行陈述。

莎士比亚作品翻译领域大转折：真正的诗体译本

莎士比亚首先是一个诗人。莎士比亚的作品基本上都以诗体写成。因此，要想尽可能还原本真的莎士比亚，就必须将莎士比亚作品翻译成为诗体而不是散文，这在莎学界已经成为共识。但是紧接而来的问题是：什么叫诗体？或需要什么样的诗体？

按照我们的想法：1）所谓诗体，首先是措辞上的诗味必须尽可能浓郁；2）节奏上的诗味（包括分行）等要予以高度重视；3）结合中国人的审美习惯，剧文可以押韵，也可以不押韵。但不押韵的剧文首先要满足前两个要求。

本全集翻译原计划由笔者一个人来完成。但是，莎士比亚的创作具有惊人的多样性，其作品来源也明显具有莎士比亚时代若干其他作家与作品的痕迹，因此，完全由某一个译者翻译成一种风格，也许难免偏颇，难以和莎士比亚风格的多样性相呼应。所以，集众人的力量来完成大业，应该更加合理，更加具有可操作性。

具体说来，新时代提出了什么要求？简而言之，就是用真正的诗体翻译莎士比亚的诗体剧文。这个任务，是朱生豪先生无法完成的。朱先生说过，他在翻译莎士比亚作品时，"当然预备全部用散文译出，否则将要了我的命"。[1] 显然，朱先生也考虑过用诗体来翻译莎士比亚著作的问题，但是他的结论是：第一，靠单独一个人用诗体翻译《莎士比亚全集》是办不到的，会因此累死；第二，他用散文翻译也是不得已的办法，因为只有这样他才有可能在有生之年完成《莎士比亚全集》的翻译工作。

将《莎士比亚全集》翻译成诗体比翻译成散文体要难得多。难到什么程度呢？和朱生豪先生的翻译进度比较一下就知道了。朱先生翻译得最快的时候，一天可以翻译一万字。[2] 为什么会这么快？朱先生才华过人，这当然是一个因素，但关键因素是：他是用散文翻译的。用真正的诗体就不一样了。以笔者自己的体验，今日照样用散文翻译莎士比亚剧本，最快时也可达到每日一万字。这是因为今日的译者有比以前更完备的注释本和众多的前辈汉译本作参考，至少在理解原著时，要比朱先生当年省力得多，所以翻译速度上最高达到一万字是不难的。但是翻译成诗体就是另外一回事了。这比自己写诗还要难得多。写诗是自己随意发挥，译诗则必须按照别人的意思发挥，等于是戴着镣铐跳舞。笔者自己写诗，诗兴浓时，一天数百行都可以写得出来，但是翻译诗，一天只能是几十行，统计成字数，往往还不到一千字，最多只是朱生豪先生散文翻译速度的十分之一。梁实秋先生翻译《莎士比亚全集》用的也是散文，但是也花了 37 年，如果要翻译成真正的诗体，那么至少得 370 年！由此可见，真正的诗体《莎士比亚全集》汉译本的诞生，有多么艰难。此次笔者约稿的各位译者，都是用诗体翻译，并且都表示花费了大量的时间，

---

1 见朱生豪大约在 1936 年夏致宋清如信："今天下午，我试译了两页莎士比亚，还算顺利，不过恐怕终于不过是 Poor Stuff 而已。当然预备全部用散文译出，否则将要了我的命。"(《伉俪：朱生豪宋清如诗文选》下卷，中国青年出版社，2013 年，第 94 页）

2 朱生豪："今天因为提起了精神，却很兴奋，晚上译了六千字，今天一共译一万字。"(同上，第 101 页）

皇家版《莎士比亚全集》译本凝聚了诸位译者的多少努力，也就不言而喻了。

翻译诗体分辨：不是分了行就是真正的诗

　　主张将莎士比亚剧作翻译成诗体成了共识，但是什么才是诗体，却缺乏共识。在白话诗盛行的时代，许多人只是简单地认定分了行的文字就是诗这个概念。分行只是一个初级的现代诗要求，甚至不必是必然要求，因为有些称为诗的文字甚至连分行形式都没有。不过，在莎士比亚作品的翻译上，要让译文具有诗体的特征，首先是必定要分行的，因为莎士比亚原作本身就有严格的分行形式。这个不用多说。但是译文按莎士比亚的方式分了行，只是达到了一个初级的低标准。莎士比亚的剧文读起来像不像诗，还大有讲究。

　　卞之琳先生对此是颇有体会的。他的译本是分行式诗体，但是他自己也并不认为他译出的莎士比亚剧本就是真正的诗体译本。他说：读者阅读他的译本时，"如果……不感到是诗体，不妨就当散文读，就用散文标准来衡量"。[1]这是一个诚实的译者说出的诚实话。不过，卞先生很谦虚，他有许多剧文其实读起来还是称得上诗体的。原因是什么？原因是他注意到了笔者上文提到的两点：第一，诗的措辞；第二，诗的节奏。只不过他迫于某些客观原因，并没有自始至终侧重这方面的追求而已。

　　显然，一些译本翻译了莎士比亚的剧文，在行数上靠近莎士比亚原作，措辞也还流畅。这些是不是就是理想的诗体莎士比亚译本呢？笔者认为，这还不够。什么是诗，对于中国人来说有几千年的历史，我们不

1　卞之琳：《莎士比亚悲剧四种》，方志出版社，2007年，第4页。

能脱离这个悠久的传统来讨论这个问题。为此，我们不得不重新提到一些基本概念：什么是诗？什么是诗歌翻译？

诗歌是语言艺术，诗歌翻译也就必须是语言艺术

讨论诗歌翻译必须从讨论诗歌开始。

诗主情。诗言志。诚然。但诗歌首先应该是一种精妙的语言艺术。同理，诗歌的翻译也就不得不首先表现为同类精妙的语言艺术。若译者的语言平庸而无光彩，与原作的语言艺术程度差距太远，那就最多只是原诗含义的注释性文字，算不得真正的诗歌翻译。

那么，何谓诗歌的语言艺术？

无他，修辞造句、音韵格律一整套规矩而已。无规矩不成方圆，无限制难成大师。奥运会上所有的技能比赛，无不按照特定的规矩来显示参赛者高妙的技能。德国诗人歌德（Johann Wolfgang von Goethe）《自然和艺术》（"Natur und Kunst"）一诗最末两行亦彰扬此理：

非限制难见作手，

唯规矩予人自由。[1]

艺术家的"自由"，得心应手之谓也。诗歌既为语言艺术，自然就有一整套相应的语言艺术规则。诗人应用这套规则时，一旦达到得心应手的程度，那就是达到了真正成熟的境界。当然，规矩并非一点都不可打破，但只有能够将规矩使用到随心所欲而不逾矩的程度的人，才真正有资格去创立新规矩，丰富旧规矩。创新是在承传旧规则长处的基础上来进行的，而不是完全推翻旧规则，肆意妄为。事实证明，在语言艺术上

---

1 In der Beschränkung zeigt sich erst der Meister, / Und das Gesetz nur kann uns Freiheit geben. 参见 http://www.business-it.nl/files/7d413a5dca62fc735a072b16fbf050b1-27.php.

凡无视积淀千年的诗歌语言规则，随心所欲地巧立名目、乱行胡来者，
永不可能在诗歌语言艺术上取得大的成就，所以歌德认为：

> 若徒有放任习性，
> 则永难至境遨游。[1]

　　诗歌语言艺术如此需要规则，如此不可放任不羁，诗歌的翻译自然
也同样需要相类似的要求。这个要求就是笔者前面提出的主张：若原诗
是精妙的语言艺术，则理论上说来，译诗也应是同类精妙的语言艺术。

　　但是，"同类"绝非"同样"。因为，由于原作和译作使用的语言载
体不一样，其各自产生的语言艺术规则和效果也就各有各的特点，大多
不可同样复制、照搬。所以译作的最高目标，是尽可能在译入语的语言
艺术领域达到程度大致相近的语言艺术效果。这种大致相近的艺术效果
程度可叫作"最佳近似度"。它实际上也就是一种翻译标准，只不过针
对不同的文类，最佳近似度究竟在哪些因素方面可最佳程度地（并不一
定是最大程度地）取得近似效果，不是一成不变的，而是具有高度的灵
活性。不同的文类，甚至针对不同的受众，我们都可以设定不同的最佳
近似度。这点在拙著《中西诗比较鉴赏与翻译理论》（清华大学出版社，
2010 年）的相关章节中有详细的厘定，此不赘。

话与诗的关系：话不是诗

　　古人的口语本来就是白话，与现在的人说的口语是白话一个道理。

1　Vergebens werden ungebundene Geister / Nach der Vollendung reiner Höhe streben.
参 见 http://www.cosmiq.de/qa/show/3454062/Vergebens-werden-ungebundne-Geister-
Nach-der-Vollendung-reiner-Hoehe-streben-Was-ist-die-Bedeutung-dieser-2-Verse-Ich-komm-
nicht-drauf/t.

正因为白话太俗，不够文雅，古人慢慢将白话进行改进，使它更加规范、更加准确，并且用语更加丰富多彩，于是文言产生。在文言的基础上，还有更文的文字现象，那就是诗歌，于是诗歌产生。所以就诗歌而言，文言味实际上就是一种特殊的诗味。文言有浅近的文言，也有佶屈聱牙的文言。中国传统诗歌绝大多数是浅近的文言，但绝非口语、白话。诗中有话的因素，自不待言，但话的因素往往正是诗试图抑制的成分。

文言和诗歌的产生是低俗的口语进化到高雅、准确层次的标志。文言和诗歌的进一步发展使得语言的艺术性愈益增强。最终，文言和诗歌完成了艺术性语言的结晶化定型。这标志着古代文学和文学语言的伟大进步。《诗经》、楚辞、唐诗、宋词、元明戏曲，以及从先秦、汉、唐、宋、元至明清的散文等，都是中国语言艺术逐步登峰造极的明证。

人们往往忘记：话不是诗，诗是话的升华。话据说至少有**几十万年**的历史，而诗却只有**几千年**的历史。白话通过漫长的岁月才升华成了诗。因此，从理论上说，白话诗不是最好的诗，而只是低层次的、初级的诗。当一行文字写得不像是话时，它也许更像诗。"太阳落下山去了"是话，硬说它是诗，也只是平庸的诗，人人可为。而同样含义的"白日依山尽"不像是话，却是真正的诗，非一般人可为，只有诗人才写得出。它的语言表达方式与一般人的通用白话脱离开来了，实现了与通用语的偏离（deviation from the norm）。这里的通用语指人们天天使用的白话。试想把唐诗宋词译成白话，还有多少诗味剩下来？

谢谢古代先辈们一代又一代、不屈不挠的努力，话终于进化成了诗。

但是，20世纪初一些激进的中国学者鼓荡起一场声势浩大的白话文运动。

客观说来，用白话文来书写、阅读自然科学和人文科学文献，例如哲学、政治学、伦理学、经济学等等文献，这都是**伟大的进步**。这个进步甚至可以上溯到八百多年前朱熹等大学者用白话体文章传输理学思想。对此笔者非常拥护，非常赞成。

但是约一百年前的白话诗运动却未免走向了极端，事实上是一种语言艺术方面的倒退行为。已经高度进化的诗词曲形式被强行要求返祖回归到三千多年前的类似白话的状态，已经高度语言艺术化了的诗被强行要求退化成话。艺术性相对较低的白话反倒成了正统，艺术性较高的诗反倒成了异端。其实，容许口语类白话诗和文言类诗并存，这才是正确的选择。但一些激进学者故意拔高白话地位，在诗歌创作领域搞成白话至上主义，这就走上了极端主义道路。

这个运动影响到诗歌翻译的结果是什么呢？结果是西方所有的大诗人，不论是古代的还是近代的，如荷马（Homer）、但丁（Dante）、莎士比亚、歌德、雨果（Victor Hugo）、普希金（Alexander Pushkin）……都莫名其妙地似乎用同一支笔写出了 20 世纪初才出现的味道几乎相同的白话文汉诗！

将产生这种极端性结果的原因再回推，我们会清楚地明白，当年的某些学者把文学艺术简单雷同于人文社会科学，误解了文学艺术，尤其是诗歌艺术的特殊性质，误以为诗就是话，混淆了诗与话的形式因素。

针对莎士比亚戏剧诗的翻译对策

由上可知，莎士比亚的剧文既然大多是格律诗，无论有韵无韵，它们都是诗，都有格律性。因此在汉译中，我们就有必要显示出它具有格律性，而这种格律性就是诗性。

问题在于，格律性是附着在语言形式上的；语言改变了，附着其上的格律性也就大多会消失。换句话说，格律大多不可复制或模仿，这就正如用钢琴弹不出二胡的效果，用古筝奏不出黑管的效果一样。但是，原作的内在旋律是可以模仿的，只是音色变了。原作的诗性是可以换个形式营造的，这就是利用汉语本身的语言特点营造出大略类似的语言艺术审美效果。

由于换了另外一种语言媒介，原作的语音美设计大多已经不能照搬、复制，甚至模拟了，那么我们就只好断然舍弃掉原作的许多语音美设计，而代之以译入语自身的语言艺术结构产生的语音美艺术设计。当然，原作的某些语音美设计还是可以尝试模拟保留的，但在通常的情况下，大多数的语音美已经不可能传输或复制了。

利用汉语本身的语音审美特点来营造莎士比亚诗歌的汉译语音审美效果，是莎士比亚作品翻译的一个有效途径。机械照搬原作的语音审美模式多半会失败，并且在大多数的场合下也没有必要。

具体说来，这就涉及翻译莎士比亚戏剧作品时该如何处理：1）节奏；2）韵律；3）措辞。笔者主张，在这三个方面，我们都可以适当借鉴利用中国古代词曲体的某些因素。戏剧剧文中的诗行一般都不宜多用单调的律诗和绝句体式。元明戏剧为什么没有采用前此盛行的五言或七言诗行而采用了长短错杂、众体皆备的词曲体？这是一种艺术形式发展的必然。元明曲体由于要更好更灵活地满足抒情、叙事、论理等诸多需要，故借用发展了词的形式，但不是纯粹的词，而是融入了民间语汇。词这种形式涵盖了一言、二言、三言、四言、五言、六言、七言、八言……乃至十多言的长短句式，因此利于表达变化莫测的情、事、理。从这个意义上看，莎士比亚剧文语言单位的参差不齐状态与中文词曲体句式的参差不齐状态正好有某种相互呼应的效果。

也许有人说，莎士比亚的剧文虽然是格律诗，但并不怎么押韵，因此汉诗翻译也就不必押韵。这个说法也有一定道理，但是道理并不充实。

首先，我们应该明白，既然莎士比亚的剧文是诗体，人们读到现今的散体译文或不押韵的分行译文却难以感受到其应有的诗歌风味，原因即在于其音乐性太弱。如果人们能够照搬莎士比亚素体诗所惯常用的音步效果及由此引起的措辞特点，当然更好。但事实上，原作的节奏效果是印欧语系语言本身的效果，换了一种语言，其效果就大多不能搬用了，所以我们只好利用汉语本身的优势来创造新的音乐美。这种音乐美很难说是原作的音乐美，但是它毕竟能够满足一点：即诗体剧文应该具有诗歌应有的音乐美这个起码要求。而汉译的押韵可以强化这种音乐美。

其次，莎士比亚的剧文不押韵是由诸多因素造成的。第一，属于印欧语系语言的英语在押韵方面存在先天的多音节不规则形式缺陷，导致押韵词汇范围相对较窄。所以对于英国诗人来说，很苦于押韵难工；莎士比亚的许多押韵体诗，例如十四行诗，在押韵方面都不很工整。其次，莎士比亚的剧文虽不押韵，却在节奏方面十分考究，这就弥补了音韵方面的不足。第三，莎士比亚的剧文几乎绝大多数是诗行，对于剧作者来说，每部长达两三千行的诗行行都要押韵，这是一个极大的挑战，很难完成。而一旦改用素体，剧作者便会轻松得多。但是，以上几点对于汉语译本则不是一个问题。汉语的词汇及语音构成方式决定了它天生就是一种有利于押韵的艺术性语言。汉语存在大量同韵字，押韵是一件很容易的事情。汉语的语音音调变化也比莎士比亚使用的英语的音调变化空间大一倍以上。汉语音调至少有四种（加上轻重变化可达六至八种），而英语的音调主要局限于轻重语调两种，所以存在于印欧语系文字诗歌中的频频押韵有时会产生的单调感，在汉语中会在很大程度上由于语调的多变而得到缓解。故汉语戏剧剧文在押韵方面有很大的潜在优势空间，实际上元明戏剧剧文频频押韵就是证明。

第三，莎士比亚的剧文虽然很多不押韵，但却具极强的节奏感。他惯用的格律多半是抑扬格五音步（iambic pentameter）诗行。如果我们在节奏方面难以传达原作的音美，或者可以通过韵律的音美来弥补节奏美的丧失，这种翻译对策谓之堤内损失堤外补，亦谓失之东隅，收之桑榆。我们的语言在某方面有缺陷，可以通过另一方面的优点来弥补。当然，笔者主张在一定程度上借鉴利用传统词曲的风味，却并不主张使用宋词、元曲式的严谨格律，而只是追求一种过分散文化和过分格律化之间的妥协状态。有韵但是不严格，要适当注意平仄，但不过多追求平仄效果及诗行的整齐与否；不必有太固定的建行形式，只是根据诗歌本身的内容和情绪赋予适当的节奏与韵式。在措辞上则保持与白话有一段距离，但是绝非佶屈聱牙的文言，而是趋近典雅、但普通读者也能读懂的语言。

最后，根据翻译标准多元互补论原理，由于莎士比亚作品在内容、形式及审美效应方面具有多样性，因此，只用一种类乎纯诗体译法来翻译所有的莎士比亚剧文，也是不完美的，因为单一的做法也许无形中堵塞了其他有益的审美趣味通道。因此，这套译本的译风虽然整体上强调诗化、诗味，但是在营造诗味的途径和程度上不是单一的。我们允许诗体译风的灵活性和创新性。多译者译法实际上也是在探索诗体译法的诸多可能性，这为我们将来进一步改进这套译本铺垫了一条较宽的道路。因此，译文从严格押韵、半押韵到不押韵的各个程度，译本都有涉猎。但是，无论是否押韵，其节奏和措辞应该总是富于诗意，这个要求则是统一的。这是我们对皇家版《莎士比亚全集》译本的语言和风格要求。不能说我们能完全达到这个目标，但我们是往这个方向努力的。正是这样的努力，使这套译本与前此译本有很大的差异，在一定的意义上来说，标志着中国莎士比亚著作翻译的一次大转折。

翻译突破：还原莎士比亚作品禁忌区域

另有一个课题是中国学者从前讨论得比较少的禁忌领域，即莎士比亚著作中的性描写现象。

　　许多西方学者认为，莎士比亚酷爱色情字眼，他的著作渗透着性描写、性暗示。只要有机会，他就总会在字里行间，用上与性相联系的双关语。西方人很早就搜罗莎士比亚著作的此类用语，编纂了莎士比亚淫秽用语词典。这类词典还不止一种。1995 年，我又看到弗朗基·鲁宾斯坦（Frankie Rubinstein）等编纂了《莎士比亚性双关语释义词典》(*A Dictionary of Shakespeare's Sexual Puns and Their Significance*)，厚达 372 页。

　　赤裸裸的性描写或过多的淫秽用语在传统中国文学作品中是受到非议的，尽管有《金瓶梅》这样被判为淫秽作品的文学现象，但是中国传统的主流舆论还是抑制这类作品的。莎士比亚的作品固然不是通常意义上的淫秽作品，但是它的大量实际用语确实有很强的色情味。这个极鲜明的特点恰恰被前此的所有汉译本故意掩盖或在无意中抹杀掉。莎士比亚的所有汉译者，尤其是像朱生豪先生这样的译者，显然不愿意中国读者看到莎士比亚的文笔有非常泼辣的大量使用性相关脏话的特点。这个特点多半都被巧妙地漏译或改译。于是出现一种怪现象，莎士比亚著作中有些大段的篇章变成汉语后，尽管读起来是通顺的，读者对这些话语却往往感到莫名其妙。以《罗密欧与朱丽叶》第一幕第一场前面的 30 行台词为例，这是凯普莱特家两个仆人山普孙与葛莱古里之间的淫秽对话。但是，读者阅读过去的汉译本时，很难看到他们是在说淫秽的脏话，甚至会认为这些对话只是仆人之间的胡话，没有什么意义。

　　不过，前此的译本对这类用语和描写的态度也并不完全一样，而是依据年代距离在逐步改变。朱生豪先生的译本对这些东西删除改动得最多，梁实秋先生已经有所保留，但还是有节制。方平先生等的译本保留得更多一些，但仍然持有相当的保留态度。此外，从英语的不同版本看，有的版本注释得明白，有的版本故意模糊，有的版本注释者自己也没有弄懂这些双关语，那就更别说中国译者了。

在这一点上，我们目前使用的皇家版《莎士比亚全集》是做得最好的。

那么，我们该怎样来翻译莎士比亚的这种用语呢？是迫于传统中国道德取向的习惯巧妙地回避，还是尽可能忠实地传达莎士比亚的本真用意？我们认为，前此的译本依据各自所处时代的中国人道德价值的接受状态，采用了相应的翻译对策，出现了某种程度的曲译，这是可以理解的，是特定历史条件下的产物。但是，历史在前进，中国人的道德观已经有了很大的改变，尤其是在性禁忌领域。说实话，无论我们怎样真实地还原莎士比亚著作中的性双关描写，比起当代文学作品中有时无所忌讳的淫秽描写来，莎士比亚还真是有小巫见大巫的感觉。换句话说，目前中国人在这方面的外来道德价值接受状态，已经完全可以接受莎士比亚著作中的性双关用语了。因此，我们的做法是尽可能真实还原莎士比亚性相关用语的现象。在通常的情况下，如果直译不能实现这种现象的传输，我们就采用注释。可以说，在这方面，目前这个版本是所有莎士比亚汉译本中做得最超前的。

译法示例

莎士比亚作品的文字具有多种风格，早期的、中期的和晚期的语言风格有明显区别，悲剧、喜剧、历史剧、十四行诗的语言风格也有区别。甚至同样是悲剧或喜剧，莎士比亚的语言风格往往也会很不相同。比如同样是属于悲剧，《罗密欧与朱丽叶》剧文中就常常有押韵的段落，而大悲剧《李尔王》却很少押韵；同样是喜剧，《威尼斯商人》是格律素体诗，而《快乐的温莎巧妇》却大多是散文体。

与此现象相应，我们的翻译当然也就有多种风格。虽然不完全一一对应，但我们有意避免将莎士比亚著作翻译成千篇一律的一种文体。从这个意义上说，皇家版《莎士比亚全集》汉译本在某些方面采用了全新的译法。这种全新译法不是孤立的一种译法，而是力求展示多种翻译风格、多种审美尝试。多样化为我们将来精益求精提供了相对更多的选择。如果现在固定为一种单一的风格，那么将来要想有新的突破，就困难了。概括说来，我们的多种翻译风格主要包括：1）有韵体诗词曲风味译法；2）有韵体现代文白融合译法；3）无韵体白话诗译法。下面依次选出若干相应风格的译例，供读者和有关方面品鉴。

一、有韵体诗词曲风味译法

有韵体诗词曲风味译法注意使用一些传统诗词曲中诗味比较浓郁的词汇，同时注意遣词不偏僻，节奏比较明快，音韵也比较和谐。但是，它们并不是严格意义上的传统诗词曲，只是带点诗词曲的风味而已。例如：

> **女巫甲**　何时我等再相逢？
>
> 　　　　　闪电雷鸣急雨中？
>
> **女巫乙**　待到硝烟烽火静，
>
> 　　　　　沙场成败见雌雄。
>
> **女巫丙**　残阳犹挂在西空。　　　　　　　（《麦克白》第一幕第一场）

> **小丑甲**　当时年少爱风流，
>
> 　　　　　有滋有味有甜头；
>
> 　　　　　行乐哪管韶华逝，
>
> 　　　　　天下柔情最销愁。　　　　　　（《哈姆莱特》第五幕第一场）

朱丽叶　天未曙，罗郎，何苦别意匆忙？
　　　　鸟音啼，声声亮，惊骇罗郎心房。
　　　　休听作破晓云雀歌，只是夜莺唱，
　　　　石榴树间，夜夜有它设歌场。
　　　　信我，罗郎，端的只是夜莺轻唱。

罗密欧　不，是云雀报晓，不是莺歌，
　　　　看东方，无情朝阳，暗洒霞光，
　　　　流云万朵，镶嵌银带飘如浪。
　　　　星斗如烛，恰似残灯剩微芒，
　　　　欢乐白昼，悄然驻步雾嶂群岗。
　　　　奈何，我去也则生，留也必亡。

朱丽叶　听我言，天际微芒非破晓霞光，
　　　　只是金乌，吐射流星当空亮，
　　　　似明炬，今夜为郎，朗照边邦，
　　　　何愁它曼托瓦路，漫远悠长。
　　　　且稍待，正无须行色皇皇仓仓。

罗密欧　纵身陷人手，蒙斧钺加诛于刑场；
　　　　只要这勾留遂你愿，我欣然承当。
　　　　让我说，那天际灰朦，非黎明醒眼，
　　　　乃月神眉宇，幽幽映现，淡淡辉光；
　　　　那歌鸣亦非云雀之讴，哪怕它
　　　　嚣然振动于头上空冥，嘹亮高亢。
　　　　我巴不得栖身此地，永不他往。
　　　　来吧，死亡！倘朱丽叶愿遂此望。
　　　　如何，心肝？畅谈吧，趁夜色迷茫。

　　　　　　　　　　　（《罗密欧与朱丽叶》第三幕第五场）

二、有韵体现代文白融合译法

有韵体现代文白融合译法的特点是：基本押韵，措辞上白话与文言尽量能够水乳交融；充分利用诗歌的现代节奏感，俾便能够念起来朗朗上口。例如：

哈姆莱特 死，还是生？这才是问题根本：

莫道是苦海无涯，但操戈奋进，

终赢得一片清平；或默对逆运，

忍受它箭石交攻，敢问，

两番选择，何为上乘？

死灭，睡也，倘借得长眠

可治心伤，愈千万肉身苦痛痕，

则岂非美境，人所追寻？死，睡也，

睡中或有梦魇生，唉，症结在此；

倘能撒手这碌碌凡尘，长入死梦，

又谁知梦境何形？念及此忧，

不由人踌躇难定：这满腹疑情

竟使人苟延年命，忍对苦难平生。

假如借短刀一柄，即可解脱身心，

谁甘愿受人世的鞭挞与讥评，

强权者的威压，傲慢者的骄横，

失恋的痛楚，法律的耽延，

官吏的暴虐，甚或默受小人

对贤德者肆意拳脚加身？

谁又愿肩负这如许重担，

流汗、呻吟，疲于奔命，

倘非对死后的处境心存疑云，

惧那未经发现的国土从古至今
无孤旅归来，意志的迷惘
使我辈宁愿忍受现世的忧闷，
而不敢飞身投向未知的苦境？
前瞻后顾使我们全成懦夫，
于是，本色天然的决断决行，
罩上了一层思想的惨淡余阴，
只可惜诸多待举的宏图大业，
竟因此如逝水忽然转向而行，
失掉行动的名分。　　　　　（《哈姆莱特》第三幕第一场）

麦克白　若做了便是了，则快了便是好。
若暗下毒手却能横超果报，
割人首级却赢得绝世功高，
则一击得手便大功告成，
千了百了，那么此际此宵，
身处时间之海的沙滩、岸畔，
何管它来世风险逍遥。但这种事，
现世永远有裁判的公道：
教人杀戮之策者，必受杀戮之报；
给别人下毒者，自有公平正义之手
让下毒者自食盘中毒肴。　　　（《麦克白》第一幕第七场）

损神，耗精，愧煞了浪子风流，
都只为纵欲眠花卧柳，
阴谋，好杀，赌假咒，坏事做到头；

心毒手狠，野蛮粗暴，背信弃义不知羞。

才尝得云雨乐，转眼意趣休。

舍命追求，一到手，没来由

便厌腻个透。呀恰，恰像是钓钩，

但吞香饵，管教你六神无主不自由。

求时疯狂，得时也疯狂，

曾有，现有，还想有，要玩总玩不够。

适才是甜头，转瞬成苦头。

求欢同枕前，梦破云雨后。

唉，普天下谁不知这般儿歹症候，

却避不得便往这通阴曹的天堂路儿上走！

(十四行诗第一百二十九首)

三、无韵体白话诗译法

无韵体白话诗译法的特点是：虽然不押韵，但是译文有很明显的和谐节奏，措辞畅达，有诗味，明显不是普通的口语。例如：

贡妮芮　父亲，我爱您非语言所能表达；

胜过自己的眼睛、天地、自由；

超乎世上的财富或珍宝；犹如

德貌双全、康强、荣誉的生命。

子女献爱，父亲见爱，至多如此；

这种爱使言语贫乏，谈吐空虚：

超过这一切的比拟——我爱您。(《李尔王》第一幕第一场)

李尔　　国王要跟康沃尔说话，慈爱的父亲

要跟他女儿说话，命令、等候他们服侍。

这话通禀他们了吗？我的气血都飙起来了！

火爆？火爆公爵？去告诉那烈性公爵——

不，还是别急：也许他是真不舒服。

人病了，常会疏忽健康时应尽的

责任。身子受折磨，

逼着头脑跟它受苦，

人就不由自主了。我要忍耐，

不再顺着我过度的轻率任性，

把难受病人偶然的发作，错认是

健康人的行为。我的王权废掉算了！

为什么要他坐在这里？这种行为

使我相信公爵夫妇不来见我

是伎俩。把我的仆人放出来。

去跟公爵夫妇讲，我要跟他们说话，

现在就要。叫他们出来听我说，

不然我要在他们房门前打起鼓来，

不让他们好睡。　　　　（《李尔王》第二幕第二场）

奥瑟罗　　诸位德高望重的大人，

我崇敬无比的主子，

我带走了这位元老的女儿，

这是真的；真的，我和她结了婚，说到底，

这就是我最大的罪状，再也没有什么罪名

可以加到我头上了。我虽然

说话粗鲁，不会花言巧语，

但是七年来我用尽了双臂之力，

直到九个月前，我一直
都在战场上拼死拼活，
所以对于这个世界，我只知道
冲锋向前，不敢退缩落后，
也不会用漂亮的字眼来掩饰
不漂亮的行为。不过，如果诸位愿意耐心听听，
我也可以把我没有化装掩盖的全部过程，
一五一十地摆到诸位面前，接受批判：
我绝没有用过什么迷魂汤药、魔法妖术，
还有什么歪门邪道——反正我得到他的女儿，
全用不着这一套。　　　　　（《奥瑟罗》第一幕第三场）

目　录

《莎士比亚诗集》导言

在大多数人知道他也写剧本之前，莎士比亚就以诗人著称了。根据当时众多的好评和对印数的需求，他的《维纳斯与阿多尼》可谓伊丽莎白时代最受读者欢迎的长诗。同他随后出版的叙事诗《鲁克丽丝受辱记》一样，《维纳斯与阿多尼》也写于1593年至1594年间，即伦敦所有剧院都因瘟疫流行而关闭期间，而且也是取材于古罗马诗人奥维德（Ovid）的作品。这些诗作乃莎士比亚作为诗人的名片，显示他具有高超的诗艺，也许同时也回应了《格林的点滴智慧》（1592）一书对他的嘲讽，该书称莎士比亚是只"自命不凡的乌鸦"，说他"以为自己是无所不能的万能博士，以为这个国家只有他能'震场'"。[1]

《维纳斯与阿多尼》的大部分篇幅都用对话形式写成，对男女主人公目光接触的描写亦有夸张的戏剧效果。凭借其说话方式及其伴随动作，

---

1 《格林的点滴智慧》（*Greene's Groatsworth of Wit*, 1592）是有"大学才子"之称的罗伯特·格林（Robert Greene）晚年出版的一本小书，他在该书末提醒马洛（Christopher Marlowe）、洛奇（Thomas Lodge）、皮尔（George Peele）等剧作家说："别相信那班戏子，他们中有只用我们的羽毛装扮出来的乌鸦，一只自命不凡的乌鸦，一只戏装下包裹着野心的乌鸦。他以为他像你们一样能写一手素体诗，以为自己是无所不能的万能博士，以为这个国家只有他能'震场'（Shake-scene）。"——译者附注

维纳斯和阿多尼都变成了戏剧人物，他俩的故事也变成了一场戏剧冲突，尽管这场冲突被置于自然田野，他俩身边也尽是难以在舞台上表现的各种动物和自然力量。伊丽莎白时代的读者之所以从这部诗中获得愉悦，原因在于诗中巧妙的修辞，在于作者对语言有创意的妙用。机智的维纳斯就处处都善于此道，比如她把自己比作鹿苑，把阿多尼比作鹿。[1] 用地形地貌暗喻体形体貌，此类双关是这部诗的典型修辞，莎士比亚显然正在尝试运用那种充满了影射的语言，而这种含沙射影将成为他后来诸多剧作的语言特色。他当时还在验证这样一种观念：表面上的孤傲和不顺从会激发性诱惑。那两匹发情的牝马和牡马之间的互动[2]不仅预示了维纳斯和阿多尼的关系，也预示了十四行诗中那位叙事者与他所爱的对象（贵族青年和黑肤女郎）之间的关系，更不用说《爱的徒劳》（*Love's Labour's Lost*）中俾隆（Berowne）和罗瑟琳（Rosaline）之间的关系，以及《无事生非》（*Much Ado about Nothing*）中贝特丽丝（Beatrice）和培尼狄克（Benedick）之间的关系。

就《维纳斯与阿多尼》来说，性欲基本上就是喜剧之源，但在《鲁克丽丝受辱记》中，性追求的情节被一种更为隐晦的基调取代。在让性欲旺盛的女神表演一出喜剧之后，莎士比亚又让那位受辱的贞女典型上演一幕悲剧。这两部长诗是同一枚硬币的正反两面，这点我们从相似的叙事结构中就可以看出：两部诗中都有位欲火中烧的求爱者，两位求爱者都试图用花言巧语令其不情愿的性目标就范，求爱不成后又都直接或间接地促成了被追求者的死亡。两部诗的主要兴趣都在于语言艺术的表现方式，语言艺术在其中成了追求性满足的手段。挑动性欲最甚者莫过于被追求者的抗拒，鲁克丽丝越是单纯，塔奎就越想对她实施其做爱

1　参见本书第 19 页诗行及相关译者注释。——译者附注

2　参见本书第 20 页。——译者附注

的技艺。

《鲁克丽丝受辱记》不仅是莎士比亚据一段古典材料写出的最经久不衰的仿作，也是 16 世纪人文主义文学理论家所推崇的"绚辞丽句"艺术的最高典范：莎士比亚把奥维德在《岁时纪》（*Fasti*）中用 73 行诗简述的鲁克丽丝的故事扩展成了一部近两千行的长诗。同《维纳斯与阿多尼》一样，该诗最富意义的苦心经营就是赋予诗中人物的语言技巧。有三个较长的语段值得一提：一是塔奎关于自己是否该放纵情欲的那段内心对话，二是塔奎和鲁克丽丝在卧室里那场唇枪舌剑，三是鲁克丽丝被强奸后那番极富条理的"控诉"。在全诗结尾，这次强奸的后果演绎成了塔奎家族被拖下王位，罗马共和政体得以建立。帝国的失落是塔奎为其征服品付出的最终代价（这其中不无军事上的隐喻），所以他的胜利就是失败。这部叙事诗的逆喻结构由此达到顶点：塔奎猎艳之获乃其家族帝位之失。鲁克丽丝贞节之失乃罗马共和时代之获。为了产生一种新的政治秩序，鲁克丽丝是必需的牺牲品。

莎士比亚经常写到死亡，甚至在描写生活和爱情时也是如此（例如在《维纳斯与阿多尼》和喜剧作品中）。维纳斯劝诫死神，因为死神是美的扼杀者。[1] 她向阿多尼求爱时说：美有义务自我繁衍，而不该像守财奴一般将其掩藏（或用其潜台词说：不该自恋自淫）。[2] 《莎士比亚商籁体十四行诗集》的前 17 首就是这同一主题的一组变奏。在全部 154 首十四行诗中，诗人经常回到最初在《维纳斯与阿多尼》中探究的那些问题：不仅是衰亡和永生、美及美之短暂，而且还有欲望冲动时那种似非而是的自我和他我，真相与幻觉。阿多尼的双眼是维纳斯"上千次照过自己

1　参见本书第 35—36 页。——译者附注
2　参见本书第 17 页。——译者附注

的两面明镜"。[1] 在十四行诗集临结尾高潮处,诗人又针对眼睛用了个重要的双关:"因我说你美,更会作伪证的眼睛 / 便不顾事实把这弥天大谎证明!""我"与"眼睛"的关系、内在自我与所见对象,在这些十四行诗中成了一种感情困扰,而使用"作伪证"这个术语的实例,则是这些十四行诗另一个特点:用法律术语来表达对爱情的承诺和背弃。例如在以"每当我把对前尘往事的回忆 / 传唤到审理冥想幽思之公堂"开始的第30首十四行诗中,许多用词都有法律术语的内涵,如"传唤"、"审理"、"公堂"、"注销"、"支付"、"冤情"、"旧债"和"偿还"。

莎士比亚很可能在写完《维纳斯与阿多尼》之后不久便开始写十四行诗,因为有几首诗被他镶进了《罗密欧与朱丽叶》(*Romeo and Juliet*)和《爱的徒劳》,而这两部剧是他于1594年伦敦剧院恢复演出后不久创作的。其他十四行诗在1598年之前就以手稿形式在读者间传阅,但以《莎士比亚商籁体十四行诗集》为书名的集子直到1609年才得以问世。我们现在无从得知该书结集出版是否经过作者授权,也不知诗序的排列是否是有意为之,不过有些诗显然自成一组,在连续排列中有时彼此影射,或对同一主题进行变调演奏。

正如人们期待从一位剧作家笔下看到的那样,似乎有一条情节主线贯穿整部诗集,而且诗中的每个角色都有一种"性格特征"。前126首诗似乎是写给一位青年男子(或若干位青年男子?)。这段叙述延续了相当长的时间,而且抒发了诗人的全部感情。被写的那位男子比莎士比亚年轻,并身居高位。他俊秀可爱,是他母亲的映像。前17首诗用维纳斯劝诱阿多尼的口气,劝那位青年娶妻生子,繁衍其美:"我们祈盼生命从绝色中繁生,/ 这样美之蔷薇就永不会消失。"随后诗人把笔锋转向这样一

---

1 参见本书第40页。——译者附注

种信念：他对美貌男子的赞美可以使其逃离时间和死亡的蹂躏。由此读者可以去想象某种关系，那位青年处在有权势的高位，诗人则处在向他恳求的位置。别离、疲旅、"耻辱"、忧郁、疏远和重聚在诗中不同的地方被暗示。青年男子似乎滥用了他们之间的友谊，和诗人的情妇产生了爱恋，但诗人最终原谅了他："拿吧，爱友，把我的爱全拿去，/ 掂掂比你所占有的爱又多几分？"后来诗人又因一位竞争对手而心神不安，因那位对手宣称他是由神灵指导其写作，能写出"超凡的诗句"，并驾着"他诗篇造就的弘舸巨舶"赢得了那位美貌青年的保护。这组诗结束于爱与时间之争这个主调。写给青年男子的最后一首诗不是传统的 14 行，而只有 12 行，最后两行的位置是两对中间没有字的括号，表示某种终止，或是某种脱漏。

与前 126 首形成对照，第 127 首至 152 首探究了诗人与他的一位情妇的关系，他这位性欲旺盛的情妇黑发黑眼黑眉，而且面色黝黑。她这种黑之美有时被机巧地用来揶揄伊丽莎白时代理想的金发碧眼女人，但更多的时候，这些诗中弥漫着一种自我克制的对女人的厌恶，一种性交之后产生的挥之不去的郁闷，一种对肉体支配灵魂的反感。那个女人被指控不忠不贞，甚至与那位"俊秀男子"也有私情，而那位"俊秀男子"是诗人"更善良的天使"——这似乎在暗指前部分诗中说到的"朋友"与"情人"之间的关系。关于恋人之间可能的相互欺骗，有的诗写得非常直白（"哦，爱之美妙就在于表面信赖…… / 所以我欺骗她，而她也欺骗我，/ 我俩就这样瞒着哄着同床共卧"），而另一些诗则写得令人眼花缭乱，尤其是第 135 首和第 136 首，诗人利用 Will（欲）一词多义的特点，巧妙地使用"多重复义双关"修辞手段，甚至双关到莎士比亚的名字 William（威廉）的昵称 Will（威尔）。最后两首诗是对一首写爱火被冷泉浇灭的希腊讽刺短诗的模仿，其中明显地暗讽了伊丽莎白时代用水银洗浴治梅毒的习俗。这个暗讽也暗示了诗人被"黑肤女郎"传染了性病。

这些十四行诗一直是世人对莎士比亚生平传记着迷的源头，因为在这些诗中，诗人似乎是在用自己的声音抒情叙事。"别小看十四行诗，"华兹华斯（William Wordsworth）在两个世纪后写道，"莎士比亚曾凭这把钥匙敞开其心扉。"所以常有人认为，较之莎士比亚的其他作品，这些诗与诗人生平有一种完全不同的关系。然而，没有任何内在理由可证明，作为一种高度人为的文学形式，十四行诗为何不能像剧作一样戏剧性地虚构。我们有充分的理由认为，作为伊丽莎白时代的一名诗人，在短期内写出一组十四行诗是一件必然之事，是对其诗歌技艺的验证，这就像作曲家根据一个主旋律写出一组变奏曲一样。既然莎士比亚能虚构出哈姆莱特（Hamlet）、罗密欧（Romeo）和《第十二夜》（*Twelfth Night, or What You Will*）中的薇奥拉（Viola），他同样也能为他的十四行诗虚构出"人物"和"情节"。罗伯特·布朗宁（Robert Browning）曾对华兹华斯的上述看法作出过回应："若真是那样，那他就是个差劲儿的莎士比亚！"或许，读者最好把这些十四行诗看成莎士比亚对艺术的尝试，看成他表面上游刃有余的文字技能的展示。

与其同时代另几位出过十四行诗集的诗人不同，莎士比亚对他诗中人物没有指名道姓。由于他是那么令人瞩目，所以数个世纪以来，世人一直在推测他那本诗集的写作详情。诗集中多半诗都提到的那位青年男子是不是诗集献词中所说的那位神秘的"W. H. 先生"，这也许尚无定论。按照传统的说法，这个人应该是彭布罗克伯爵（Earl of Pembroke）或南安普敦伯爵（Earl of Southampton），尽管此二人都不适合被称为"先生"。一直以来都有个强有力的证据可证明："W. H. 先生"实际上很可能是"W.

S. 先生"的印刷错误，而且出版人托马斯·索普[1]在献词中是把莎士比亚作为这些十四行诗的"唯一生产者"（only begetter）而致以谢意（把作者称为"生产者"是当时很普遍的比喻说法）。

伊丽莎白时代的许多男性诗人都写过十四行组诗，但只有莎士比亚和理查德·巴恩菲尔德（Richard Barnfield）明确地将他们的诗写给一个男性。巴恩菲尔德显然是追随古希腊田园诗写男性同性恋的传统，而莎士比亚诗中对那位美貌青年的爱恋则侧重于精神方面。诗集中仅有的几首描写与情人有床第之欢的诗都是写给黑肤女郎的。诗人在第20首中说，青年男子那个（被造化强加的）"东西"，"对我来说无用"——不过这段描写相当含糊，因为那也可理解为他对肉体关系不感兴趣，或者说其阴茎对他来说就像女人的阴道。从整体上看，这些诗把异性恋的性欲与满足和厌恶联系在一起，而与同性恋相联的则是精神和一种因基本上得不到满足而产生的强烈迷恋。虽说从这种双性取向来推断莎士比亚的性特征可能会引起读者的兴趣，但把黑肤女郎和美貌青年之间的反衬作为戏剧性构思来理解也许更合适：前者是一个用性表现来显露欲望的"角色"，后者显露欲望则用理想化和精神上的表现。

那个时期有几首短诗一直都归在莎士比亚名下，但其中只有两首能被认定确实出自莎士比亚之手。一首是他为1599年2月在王宫演出而当场草就的一段精美的"收场白"，作为演出结束时献给女王的颂词。该诗多年来一直被湮没，其手稿直到20世纪后期才被发现。另一首就是那首长期以来通常以《凤凰和斑鸠》（"The Phoenix and Turtle"）为人所知的神秘诗（不过莎士比亚并没为这首诗标题）。

1601年，一位名叫罗伯特·切斯特（Robert Chester）的二流诗人出

1　托马斯·索普的英文名是 Thomas Thorpe，其姓名之缩写"T. T."即诗集献辞的落款。W. S. 是 William Shakespeare 的缩写，故"W. S. 先生"即"威廉·莎士比亚先生"。——译者附注

版了一部名为《殉爱者》(*Love's Martyr*)的寓言长诗,诗中象征伊丽莎白女王的神鸟凤凰接受了一只象征忠臣的斑鸠的充满爱的侍奉。该诗题献给登比郡勒文尼镇的约翰·索尔兹伯里 (John Salusbury),似乎是为了庆贺他于当年 6 月被女王册封为爵士。所以诗中的那只斑鸠最有可能是指索尔兹伯里。该诗出版时附录有"若干同时代著名诗人就同一主题(即斑鸠与凤凰)写的诗",这些诗也写于 1601 年,同样是题献给索尔兹伯里的。其中一首以"让声音最亮的鸟儿歌唱"("Let the bird of loudest lay")起句的诗署名为"威廉·莎士比亚",而且也明显是莎士比亚的风格。该诗似乎是在回应切斯特长诗的结尾部分——想象一大群鸟来参加凤凰和斑鸠的葬礼。这首诗中的凤凰似乎也暗指伊丽莎白女王,斑鸠则指一名忠实的朝臣:"在斑鸠和它的女王之间 / 看上去有距离却不疏远。"但"有距离却不疏远"不仅比喻朝臣应同时具有的礼仪和忠诚,而且也是哲学上的复杂难题。既然被邀请(大概是有偿邀请)为切斯特的诗作添墨,莎士比亚便趁机把凤凰与斑鸠的结合重写成了一篇颇富哲理的精心杰作,而不是一首例行公事的捧场诗。像"我就是你,你就是我"这行诗也许是在暗讽切斯特诗中关于不同矿藏的那段写得太冗长乏味[1],但这行诗首先是一个对自我互换的绝妙双关,而自我互换是真爱之精髓。尽管切斯特的目的是想获得或保持索尔兹伯里对他的庇护,但莎士比亚超越了他的目的,随心信笔,写出了一首类似约翰·多恩(John Donne)风格的诗,既令人眼花心乱,又让人感到严肃的理性。"单一属性的两个名称 / 既不叫二,也不叫一",这种似非而是的话既可作为凤凰和斑鸠的墓志铭,也可作为描述复视觉的格言"我非我"——"两眼分而视之,/

---

1 "我就是你,你就是我"的原文是 Either was the other's mine,英语 mine 也有"矿藏"的意思,双关暗讽之意由此而生。——译者附注

所见之物似乎都重影"[1]——正是这种重影形成了莎士比亚的戏剧世界。

参考资料

语体风格:《维纳斯与阿多尼》是六行诗体（每节6行），其尾韵是ababcc；《鲁克丽丝受辱记》用的是七行诗体（每节7行），其尾韵是ababbcc（这种韵式又称"皇家韵"[2]）。这两种稳定的韵律都适合写浪漫故事。同伊丽莎白时代大多数英语十四行诗一样，莎士比亚的十四行诗也是由3节隔行押韵的四行诗加1个叠韵的对句构成（典型的韵式是ababcdcdefefgg），这与由1个八行诗节加1个六行诗节构成的彼特拉克体（即意大利体十四行诗体）形成对照。《让声音最亮的鸟儿歌唱》和《女王颂》用的都是四音步扬抑格诗句（就是《仲夏夜之梦》结尾众仙歌唱所用的那种句式）。

创作年代:《维纳斯与阿多尼》出版于1593年。《鲁克丽丝受辱记》出版于1594年。《女王颂》是为1599年2月20日的一场王宫演出而写。《让声音最亮的鸟儿歌唱》乃受托为1601年出版的一本书而作。十四行诗的写作时间众说纷纭，结集出版的登记时间是1609年5月，但盛行写十四行诗的时间大约是1592年至1594年伦敦各剧院因瘟疫而关闭期间。根据弗朗西斯·米尔斯（Francis Meres）的说法，莎士比亚的一些"甜蜜的十四行诗"在1598年之前曾以手稿的形式"在其挚友间"流传（其中几位实际上还有不同的手稿文本）。十四行诗第107首显然影射了伊丽莎白

1　参见《仲夏夜之梦》（*A Midsummer Night's Dream*）第四幕第一场第182—183行赫米娅所言："我觉得我两只眼睛对这些事都分而视之，所见之物似乎都是双影。"——译者附注

2　因苏格兰国王詹姆斯一世曾用这种韵式写诗，故名。——译者附注

女王驾崩（1603年春天）。对诗中生僻词汇的分析表明，第1至103首和第127至154首大概写于16世纪90年代，第104至126首写于17世纪最初几年。

取材来源：《维纳斯与阿多尼》根据奥维德《变形记》（*Metamorphoses*）第10卷中的一个故事写成，同时也用了其他卷中的材料，如第3卷中的美少年那喀索斯（Narcissus）的故事，第4卷中的美少年赫耳玛佛洛狄忒（Hermaphroditus）的故事。《鲁克丽丝受辱记》根据奥维德《岁时纪》第2卷中的内容演绎，也许用的是威廉·佩因特《欢乐宫》（1566）[1]中的一段译文，而这段译文译自李维（Livy）的《罗马史》（*History*）。《莎士比亚商籁体十四行诗集》吸收并模仿了从传统上可追溯至彼特拉克（Petrarch）的写十四行诗的一系列惯用手法：奥维德式的主题意旨，如欲望和自恋、时间与变化，还有时时提及的诗之永恒。

文本：印刷精美的《维纳斯与阿多尼》1593年版四开本分别在1594、1595？、1596、1599、1599、1602？、1602、1602和1617年九次再版，这使该诗成了发行甚广的畅销书。印刷同样精美的《鲁克丽丝受辱记》1594年版四开本影响稍逊，但仍然不时售罄（分别于1598、1600、1600、1607和1616年五度重印）。《女王颂》的手稿直到1972年才被发现。《让声音最亮的鸟儿歌唱》被收在一本名为《殉爱者，或罗莎琳

---

1 《欢乐宫》（*The Palace of Pleasure*）是英国翻译家威廉·佩因特（William Painter）根据拉丁古典和意大利经典原著编译而成的一部故事集，伊丽莎白时代的诗人和剧作家多从其中获取创作素材，莎士比亚的《雅典的泰门》（*The Life of Timon of Athens*）和《终成眷属》（*All's Well that Ends Well*）也取材于该书。——译者附注

的抱怨》（*LOVES MARTYR OR, ROSALINS COMPLAINT. Allegorically shadowing the truth of Loue, in the constant Fate of the Phoenix and Turtle*，1601）的诗集中，该诗集是题献给约翰·索尔兹伯里爵士的，诗集包括由鲜为人知的诗人罗伯特·切斯特写的一首寓言长诗，附录有莎士比亚、约翰·马斯顿（John Marston）、乔治·查普曼（George Chapman）和本·琼森（Ben Jonson）等诗人及剧作家的诗作，莎士比亚那首诗没有标题，只是在1807年以后通常以《凤凰和斑鸠》为人所知。《莎士比亚商籁体十四行诗集》（*SHAKE-SPEARES SONNETS. Never before Imprinted*）于1609年印行问世，为填充版面，该版的最后几页附有署名莎士比亚的《情女怨》（"A Louers complaint. BY WILLIAM SHAKE-SPEARE"，本书未收录此诗）。这本充满印刷错误的诗集出版后少有人问津，很多年都没有重印。1640年，出版商约翰·本森（John Benson）出版了一本署名"威尔·莎士比亚绅士"的诗集（*Poems: Written by Wil. Shake-speare. Gent.*），该诗集主要依据1609年那个版本，但有大量的增补和改动。莎士比亚的诗作未被收入早期的《莎士比亚全集》，后来埃德蒙·马隆（Edmond Malone）校勘了这些诗作，并将其作为补遗编入了塞缪尔·约翰逊（Samuel Johnson）和乔治·斯蒂文斯（George Steevens）合作编成的校注版《全集》（1778）。

被排除的作品:《爱情的礼赞》（*The Passionate Pilgrim*），一本收编有20首十四行诗和抒情诗的小册子，于1598年末或1599年归在莎士比亚名下出版。这本小册子其实是个杂集，包括莎士比亚的5首诗（2首十四行诗，3首《爱的徒劳》中的抒情诗），几首其他诗人的诗，还有一些诗的作者无法确定。我们将其排除，是因为莎士比亚那几首诗已出现在我们这部《全集》的其他部分，虽说版本有所不同。《情女怨》曾归于莎士比亚名下附录于《莎士比亚商籁体十四行诗集》后出版，但一直以来，其作者身份频频受到质疑，近年的研究成果（尤其是布赖恩·维克斯 [Brian Vickers] 于 2007 年出版的《莎士比亚、〈情女怨〉和赫里福德的约翰·戴维斯》[Shakespeare, 'A Lover's Complaint' and John Davies of Hereford] 一书）推翻了莎士比亚是该诗作者的可靠性，用强有力的证据证明该诗作者是赫里福德的约翰·戴维斯，一位莎士比亚的崇拜者和模仿者。另有一些体裁杂陈的短诗，尤其是几首讽刺短诗和悼亡诗，早先也一直归在莎士比亚名下，但我们没有任何充分的把握将其收入本书。经校注过的《爱情的礼赞》和《情女怨》文本可从我们的网站（www.rscshakespeare.co.uk）下载。

乔纳森·贝特（Jonathan Bate） 撰文
曹明伦 译

维纳斯与阿多尼

曹明伦 译

让凡夫俗子去赞美敝屣粃糠，
愿阿波罗赐我饮灵感之圣泉。[1]

敬奉
南安普敦伯爵兼蒂奇菲尔德男爵
亨利·赖奥思利阁下

尊贵的阁下：

我不知将此粗陋之篇奉与阁下是
何等冒昧，亦不知世人将如何责我竟
用此等微音绕如此巨梁，但只要阁下
您显露些许称心，我自会感觉蒙受褒
扬，并誓用余生之暇日，以更为庄雅

之作替阁下增光。然若不才之处女作
不堪展阅，我则会因有负阁下之庇护
而深感愧疚，从此绝不再耕耘这片硗
薄之土，以免再获此等歉收。我恭候
阁下对拙作之明鉴及嘉许，愿此能永
称阁下之心，遂世人之望。

阁下忠实的仆人
威廉·莎士比亚

当红彤彤赤艳艳的东方朝阳
才刚刚告别了潸潸垂泪的黎明，[2]
双颊红润的阿多尼便忙于追猎，
他喜欢飞鹰走犬，嗤笑说爱谈情；

---

1 此题记引自奥维德《恋歌》（*Amores*）第 1 卷第 15 首第 35—36 行，原文为拉丁文。皇家
版英译文为：Let the rabble admire worthless things, / May golden Apollo supply me with cups
full of water from the Castalian spring。——原注；河畔版采用的是马洛的译文：Let base-
conceited wits admire vile things, / Fair Phoebus lead me to the Muses' springs（让凡夫俗子去
赞美敝屣粃糠，愿阿波罗引我至缪斯之圣泉）。——译者附注
2 在最初的希腊神话中，太阳神乃黎明女神厄俄斯（Eos）的兄弟赫利俄斯（Helios），公元五
世纪后，赫利俄斯才逐渐与阿波罗（Apollo）混为一体；厄俄斯之子门农（Memnon）在特
洛伊城下死于阿喀琉斯（Achilles）之手，厄俄斯常常为此哭泣，纷纷落地的眼泪即为清晨的
露珠。——译者附注

害相思病的维纳斯偏把他紧追，[1]
像个冒失的求爱者向他求婚。

她巧言道："你比我还美丽三倍，
你乃花中魁首，有无比的芳菲，
你让宁芙[2]失色，你比壮男俊美，
你洁白赛银鸽，你嫣红盖玫瑰，
那为显绝艺而创造你的'造化'
说你一旦夭亡则天地万物共毁。

"你这造化之奇观，请屈尊下马，
把高昂的马头于鞍穹上紧系；
你若肯俯允此愿，我将给你报赏，
让你领略鲜为人知的风流奥秘。
来这边坐吧，这儿没咝咝蛇鸣，
坐稳后我要吻得你气喘吁吁。

"但我不会让你的嘴唇感觉到腻烦，
而要让它们吻得越多越饥渴难抑，
叫它们随着花样翻新而忽红忽白：
十短吻如一吻，一长吻如二十。
在这种欢娱的消遣之中打发光阴，
漫长的炎炎夏日也显得转瞬即逝。"

说话间她把他冒汗的手掌捉牢，
他手掌出汗说明他正值青春年少，
春心荡漾的爱神将此唤作香膏，
人世间治女神相思病的灵丹妙药。
如此意乱心迷，情欲给她力量，
她大胆伸手把少年拽下了鞍桥。

爱神一手挽住那匹骏马的缰绳，
一手把不谙世故的少年搂定。
少年轻蔑地绷着羞红的脸庞，
宛若呆木顽石，无意风流调情；
女神脸红心热像炉中熊熊炭火，
少年面红耳赤但心却凝霜结冰。

爱多敏捷哟！她身手迅疾，
把有饰钉的辔头拴在了一根粗枝；
骏马一旦被拴好她便开始尝试
要把骏马的主人也拴牢缚实。
她按自己喜欢的方式把他摁倒，
用体力把他制服，既然难用魅力。

少年刚刚倒地她便躺倒在他身旁，
双双用胳膊肘支撑侧卧在地上。

---

1 据希腊罗马神话传说，有一天维纳斯和她的儿子丘比特（Cupid）嬉戏时被他的金箭划伤，
   伤愈前她第一眼看见的就是美少年阿多尼，于是爱神为他坠入爱河。——译者附注
2 宁芙（nymphs）：希腊神话中居于山林水泽之众仙女。——译者附注

她一摸他的脸颊他就皱眉蹙额，
他一开口责骂就被她的热吻阻挡，
她一边亲吻一边吐出娇声浪语：
"你要是再骂我就教你有口难张。"

他羞得满脸通红，两腮似火烧，
她用眼泪把他滚烫的脸腮浇冷，
再用她风一般的叹息和金色秀发
把滴在他脸上的泪珠吹干拂净。
他说她轻狂佻薄，骂她厚颜无耻，
可她一个热吻堵住了他的骂声。

就好像一只饥肠辘辘的飞鹰
用利喙撕食它捕获的猎物，
拍着翅膀连毛带骨一并吞咽，
要么吃个精光，要么撑肠挂腹。
爱神就这般狂吻那英俊少年，
从腮吻到额顶，从额到腮骨。

他被迫逆来顺受，但却吻不由衷，
口中喘出的气息直扑她的面孔。
爱神像吞咽美食一般吸入这香气，
把它视为天降膏泽、自然清风，
她唯愿自己的双颊是萋萋花园，
只要这花园能浸润在这甘霖之中。

恰似一只小鸟被罗网缠住，

阿多尼此刻陷在爱神的怀抱。
羞涩和怯于反抗令他焦灼，
焦灼的目光使他更显美貌。
满满当当的大河再注入豪雨，
势必会溢出河堤，泛滥成涝。

她依然楚楚动人地苦苦哀求，
要对那双迷人的耳朵谈情说爱；
他依然皱眉蹙额，焦灼不安，
羞涩和恼怒使他的脸忽红忽白。
可他的脸红令她越发动情，
他的脸白更让她爱得死去活来。

不管他脸色如何，她都难抑春心，
于是她凭不朽的玉手立下誓言，
说她决不会离开他柔软的怀抱，
除非他同她夺眶而出的泪水休战，
那澜澜泪雨早湿了她的两腮，
而他甜甜一吻即可把这情债偿还。

他闻此誓言立即仰起面孔，
像只潜水的鹏鹏把头探出水面，
见有人窥视又突然潜入水中；
他就这样试图了却她的心愿，
可当她举唇等待他的给予，
他却两眼一闭把嘴掉向一边。

炎炎夏日里口干舌燥的旅客
也不曾像她对此良机这般焦渴。
能望见清泉，但可望而不可即，
浸泡在水中，但泪水难熄欲火。
她哭诉道："可怜我吧，狠心少年，
我只求一吻，你干吗这般羞涩？

"像我求你一样，我也曾被人追求，
追求者中甚至有威风凛凛的战神，
疆场上他不曾低过倔强的头颅，
他从来都所向披靡，战无不胜，
但他一直是我的俘虏，我的奴隶，
向我求过你能不求而获的亲吻。

"他的利矛、巨盾和羽饰头盔
都曾一度闲挂在我祭坛之上，
他为我之故而学会了歌舞嬉戏，
学会了打情骂俏和风流放荡，
他摈弃了咚咚战鼓和猩红旌旗，
在我床上扎营，把玉臂当战场。

"威风八面的他就这样被我降伏，
一根红玫瑰合欢链就把他俘虏；
再硬的钢铁也顺从他强劲的臂力，
他却顺从于我对他的扭捏和轻辱。
可你别因征服了降服战神的她，
就为自己的魅力而骄傲，而自负。

"你只消把芳唇印在我的唇上——
我的唇也红艳，虽不及你的香——
此吻能让我销魂，也可令你荡魄。
你干吗老往地上瞅？请抬起脸庞，
朝我眼里看，那儿藏着你的美；
既然眼能成对，唇为何不能成双？

"你羞于接吻？那就再闭上双眼，
我也闭目，让白昼像夜晚一般。
只要有一男一女，爱就常葆欢乐；
放心玩吧，咱俩欢娱没有人看见。
我们身下的紫罗兰绝不会多嘴，
它们也不懂咱俩为何如此这般。

"你唇上的茸毛说明你尚年幼，
但你已有美味可尝，秀色可餐。
及时行乐吧，莫负良辰美景，
美不该被荒废，天物不应被暴殄。
明媚鲜妍的娇花若不及时采摘，
转眼便叶残英落，红消香断。

"倘若我相貌丑陋，白发黄牙，
性情粗野，行为乖戾，声音沙哑，
百病缠身，精竭髓尽，毫不性感，
骨瘦如柴，先天不育，老眼昏花，
那你可以退缩，因我配不上你，
但我本无瑕白璧，你为何厌咱？

"你在我额上看不见一丝皱纹，
我眼睛秋波荡漾，灼灼晶晶；
我的美就像是永远不败的春天，
我肌肤丰润，心中荡漾春情，
你要是摸摸我这柔嫩光滑的手，
只恐它会融化在你的掌心。

"请容我说，我嗓音悦耳动听，
我会像仙女在绿草地上舞姿迷人，
或像一位披着蓬松长发的宁芙，[1]
在沙滩上起舞却不留下足印。
爱是一种完全由火构成的精神，
不会重浊下坠，只会轻灵上升。[2]

"请看这片我躺于其上的樱草，
娇弱的花儿犹如大树把我轻托；
两只鸽子[3]就能拉着我漫游天空，
从早到晚，不论我上哪儿去寻乐；
爱是如此地轻灵，可爱的少年，
你怎能视它为不堪承受的重荷？

"难道你的心会把你的脸蛋爱慕？
难道你右手能把你的左手追求？
那就向自己求爱吧，再拒绝自己；
偷走自己的自由，再埋怨小偷。
那喀索斯[4]就曾这样自我毁弃，
为亲吻他溪水中的倒影而把命丢。

"火炬是为照明，珠宝是为佩戴，[5]
佳肴是为品尝，美貌是为欢爱，
花草芬芳而生，树木果实而长；
物若为生而生，是对生长的伤害。
种子生于种子，而美则繁衍美；
父母给予的美你应该传给后代。

"你若不为大地之生息而繁衍，
你何以该享天地灵气，日月精华？
依自然法则你必须繁衍后代，
这样你的美方可于你身后留下；
纵然面对死神你仍可幸免于死，
因你留下了风姿如玉，容貌如花。"

---

1 见第 14 页注释 2。——译者附注
2 古代西方哲学中认为风、火、水、土是构成一切的四大元素，风与火轻灵，水与土重浊。另
   参阅莎翁十四行诗第 44 首第 10—14 行、第 45 首第 1—8 行。——译者附注
3 传说维纳斯乘坐的四轮车由一对白色的鸽子（或天鹅）牵曳。——译者附注
4 那喀索斯（Narcissus）：希腊神话中之美少年，他面对水中自己的倒影顾影自怜，相思而亡，
   死后化为水仙花。——译者附注
5 以下 12 行大意可比较莎翁十四行诗第 1—17 首之主题。——译者附注

害相思病的爱神这时开始出汗,
因为他们俩躺着的地方阴影已挪移,
太阳神在炎炎正午也感到疲乏,
正用他滚烫的目光把他俩俯视,
他真希望阿多尼替他驭驾马车,[1]
自己则像阿多尼与爱神相偎相依。

而此时阿多尼仍然没精打采,
满脸阴沉,忧心忡忡,郁郁寡欢,
紧锁的眉头锁住清澈的目光,
似愁云惨雾把朗朗晴空遮掩,
他怒然吼道:"别再谈情说爱!
我得离去,太阳正灼我的脸。"

"哟,"爱神说,"你年少却心狠,
竟用这般牵强的借口以图脱身!
我会叹口仙气,让徐徐微风
把西去骄阳的炎热吹凉吹冷;
我要用这头秀发为你支起凉篷,
若头发被晒热,我就用泪来浇浸。

"天上的太阳只是在暖烘烘照耀,

瞧我正在日头下为你遮住烘烤;
太阳的炽热对我并没有多大伤害,
可你眼中的火焰却在把我灼烧,
我若非不朽的女神,早一命呜呼,
天上地下两轮赤日早把我烤焦。

"难道你是如钢似铁的一块顽石?
不!因再硬的石块也会被水滴穿。
你由女人所生却不懂爱为何物?
不知欲爱不能是何等苦不堪言?
唉,要是你母亲也这样守身如玉,
她就不会生你,会死得很凄惨。[2]

"你把我当何人,竟这般藐视?
我向你求爱对你究竟有什么危险?
区区一吻对你的嘴唇又有何妨?
你说话呀,说恭维话,否则勿言。
赐我一吻吧,我将回报你一吻,
若我吻两下,多一吻算你白赚。

"咄!你这画中虚影,冰冷石雕,

---

1 据希腊神话传说,阿波罗每天驾载着太阳的金马车由东向西驶过天空。——译者附注
2 据神话传说,阿多尼的母亲乃塞浦路斯岛国王喀倪剌斯(Cinyras)的女儿密耳拉(Myrrha),
  她只爱自己的父亲,并在乳母的帮助下与其父同床十二夜,父亲发现这秘密后要追杀她,她
  向神祇求救,被神变成没药树,阿多尼即在树干中孕育并从中降生。另参阅奥维德《变形记》
  (Metamorphoses)第 10 章第 298—518 行。——译者附注

徒有其表的泥胎，呆板的塑像，
一尊好看却毫不中用的木偶，
形同须眉但不像是由女人生养！
你虽有一副男儿相貌却并非男儿，
因男儿对红唇热吻都心驰神往。"

话说到此焦躁使得她语哽声咽，
沸腾的热望使得她有口难张，
脸上嫣红眼中欲火道出其难堪：
本司风情月债却情债不得偿。
她忽而潸然落泪，忽而嗫嚅欲言，
抽抽噎噎使她难以尽述衷肠。

她忽而把头摇，忽而拉他的手，
忽而抬眼望他，忽而又低头垂眸；
忽而张开双臂把他紧紧拥抱，
可他却不愿被她那双玉臂扣留；
每当他挣扎着要从她的香怀脱身，
她百合花般的纤指却紧如锁扣。

"小傻瓜，"她说，"既然我把你
关在了这道象牙般的围栏之内，
我就是一座鹿苑，你是我的鹿：[1]
你可上山峰吃草，或下幽谷饮水；

请先上这唇坡，但若嫌坡高地燥，
请往下进深沟，那儿涌泉甘美。

"这鹿苑内的地形地貌足够多样，
有长满草的低谷，有可爱的平地，
隆起的圆圆山丘和郁郁丛林
能为你抵挡狂风，替你阻断暴雨；
做我的鹿吧，这鹿苑这般美好，
纵有千只猎犬咆哮也惊不了你。"

阿多尼闻言一笑，似心存鄙夷，
微笑使一对浅浅的酒窝闪现依稀；
这迷人的酒窝本是小爱神[2]造就，
为他死后能有这般无华的墓地，
但可以预见，即便他躺进这里，
他将在这儿永生，而绝不会死去。

这对可爱的酒窝，迷人的笑靥，
张着大口要让维纳斯坠入其中。
她早已神魂颠倒，现在怎能自持？
早已落花流水，怎经再次进攻？
可怜的爱神哟，你这是作法自毙，
偏爱这副对你不屑一顾的面孔！

1　英文"鹿"（deer）和"亲爱的"（dear）发音相同，此类双关语在本诗中使用较频繁，中译
　　文难以传达其妙。——译者附注
2　指丘比特。——译者附注

现在她何路可走？何语可言？
该说的都已说罢，可忧愁更添；
时辰飞逝，她心上人要离去，
正在奋力要挣脱她双臂的羁绊。
她哀求道："请稍稍怜香惜玉！"
他却一跃而起，欲牵马正鞍。

可是，瞧哟，从附近的矮树林中
闪出一匹正在发情的矫健牝马，
它一见阿多尼那匹骏足良驹，
便喷着响鼻奔来，嘶声喧哗。
那骏马本来被拴在一棵树上，
现在却挣断缰绳直端端迎向它。

它急不可耐地跳跃，长鸣嘶嘶，
挣断了紧编密织的肚带絷累；
它坚硬的铁蹄踏伤了身下大地，
空洞的地心发出回响，声震如雷；
它咬碎了横在齿间的锻铁嚼子，
摆脱了所有束缚它的缰绳鞍辔。

它本来耷拉着耳朵和长长的细鬃，
现在却两耳竖立，鬃毛也高耸，
它鼻孔吸入的本来是新鲜空气，
呼出的却像炉中浓烟，雾气腾腾；

它那双犹如火焰般闪烁的眼睛，
显示出强烈欲望和一腔春情。

它忽而蹀躞缓行，像从容数步，
威风而不失优雅，骄傲中有谦恭；
忽而又后腿直立，腾空跳跃，
仿佛说："这显示出我力大无穷；
我如此这般是要俘虏那双眼睛，
叫那美丽的牝马对我一见钟情。"

它还操心什么主人的愤怒不安？
还理会什么"吁吁"之声声呼喊？
还害怕什么嚼子和尖尖马刺？
还在乎什么马衣漂亮，辔头鲜艳？
它眼中只有它所爱，至于其他，
它那双骄傲的眼睛全都视而不见。

正如有位丹青能手、画坛大家，
其艺可谓巧夺天工，出神入化，
他绘出的骕骦皆骨肉匀停，
画就的良驹往往胜过天生骏马，[1]
眼前这匹马就这般超凡脱俗，
无论其形态、风骨、色泽、步伐。

蹄圆，骹短，肢长，距毛蓬松，

1 这里可能暗指擅长画马的希腊画师尼孔（Nicon）。——译者附注

胸阔，颅小，鼻宽，目光炯炯，
脊高，耳短，腿直，筋骨健壮，
鬃细，尾浓，臀阔，皮毛茸茸；
良驹应具备的优点它一样不缺，
只差位英武的骑手跨骥骑龙。

它忽而飞奔到远处又回首凝视，
忽而惊于一只小鸟被它惊动；
忽然间它又欲与清风比比赛跑，
而谁也看不出它是奔跑还是飞腾，
清风呼呼地穿过它的细鬃浓尾，
使它的鬃毛犹如翅膀起伏波动。

它凝视着它之所爱，朝其嘶鸣，
牝马也报以长嘶，似懂它的心意，
又如一名矜持的淑女见人求爱，
便佯作忸怩之态，假装薄情寡义，
不理它的求爱，讥讽它的痴心，
并尥蹶子把它亲热的拥抱回拒。

像一个情场失意者意懒心灰，
它耷拉下那条羽饰般的长尾，
为它发烧的臀部送去一片阴凉。
恼怒中它甚至想把苍蝇踩碎，
牝马见它发怒才略表柔情，
它愤怒的心因此得到稍许安慰。

它气急败坏的主人欲上前牵它，
却吓坏了那匹没人骑过的牝马，
牝马唯恐被捉，便弃它而逃，
它紧追而去，把主人阿多尼撇下。
两匹马像发疯一般冲向树林，
追过了一群想追过它们的乌鸦。

怒气冲冲的阿多尼猛坐到地上，
大骂他那头不服管束的畜生；
这下时机再一次对维纳斯有利，
她也许可凭哀求得到幸运，
因恋人们常说：若无伶牙俐齿，
爱心会倍受委屈，蒙冤抱恨。

被淤塞的河流会更加汹涌，
被关上炉门的火炉会烧得更旺，
因此若能宣泄心中的积郁，
升腾的情焰欲火才可能下降，
但若是爱的辩护者一旦沉默，
欲辩无口的心就只有绝望。

他见她走来不由得又面红耳赤，
恰如余烬被风吹又死灰复燃；
他用帽子遮住他气得通红的面孔，
怀着不安的心情盯着地面，
压根儿没注意她已离得多近，
因为他始终没有朝她正眼一看。

哦，好好看看那是一幅什么奇观，
看她怎样悄悄走近那任性少年，
看她脸上的颜色如何急剧地变化，
嫣红和煞白是怎样相互遮掩！
方才她的双颊还蒙着一层死灰，
忽而又闪出红光，犹如长空闪电。

现在她恰好已来到他的身边，
像一位卑恭的情人跪在他跟前，
用一只柔嫩的手揭开他的帽子，
另一只手则轻轻抚摩他的脸；
他的脸更柔嫩，如新雪皎皎易污，
纤纤玉手也把指印留在了上面。

哦，当时好一场四目相交之争！
她含情的眸子对他的眼睛哀述，
他眼望着那对眸子却像视而不见，
她仍秋波传情，他仍不屑一顾，
借助她澜澜的泪花作为帮腔，
这出哑剧的一场一幕都清清楚楚。

现在她轻轻地握住他的手，
好似冰雪牢狱把百合花拘囚，
或像一根石膏锁链把象牙束缚，
雪白的冤家缠住雪白的对头；
好一场一攻一守的美的战斗，
像两只雪白的银鸽在交喙接口。

她传情达意的舌头又开始述说：
"啊，你这位凡尘间最美的过客，
但愿我变作你，而你变成我，
但愿我心安然，你却伤心欲绝！
那样你只需看我一眼我就会救你，
纵然为你而死我也会赴汤蹈火。

"松开手，"他说，"你为何碰它？"
"还我心，"她说，"我就松开手，
以免你的狠心让我的心也变硬，
一旦如此它对叹息就无法感受。
那时我不会再理睬情人的叹息，
因为阿多尼把我的心变成了石头。"

他说："真不知羞，快把手松开，
我的马已丢失，这一天也算白挨，
而我丢失骏马是因为你的过错，
所以我求你，让我独自在此呆呆，
因为此时我所思所想所忧所虑，
就是让我的坐骑从牝马那里回来。"

她回答说："你的马离去完全应该，
因为它欣然接受热烈甜蜜的爱；
情欲就像炉中余火必须加以冷却，
若对它置之不理就会把心烧坏，
茫茫大海有边，但深深欲壑无涯，
所以你的马离去不值得大惊小怪。

"它被拴在树上时多像一匹驽马，
一根缰绳就把它拴得服服帖帖！
可一见它之所爱，它青春之报偿，
它对那区区束缚是何等轻蔑！
昂首扬鬃抛弃了那卑鄙的絷累，
让整个身心获得自由之喜悦。

"谁眼见自己的心上人赤裸玉体，
教雪白的床单懂得何为雪肤凝脂，
却只让饕餮的眼睛去饱餐秀色，
而不容其余的感官同样享受欢娱？
有谁在寒冷冬日看见熊熊炉火，
却因懦弱而没有上前取暖的勇气？

"容我替马辩护，听话的孩子，
我真心求你要向你的马学习，
好好享受你伸手就可及的欢乐，
我虽口拙，它却用行动教你。
哦，学会爱吧，这一课并不难，
而且你一旦学会就绝不会忘记。"

"我不知什么是爱，而且也不想学，
除非爱是野猪，那我就可以追狩，
爱有太多义务，我可不想承担，
我对爱之爱就是让爱蒙耻含垢，

因为我听说爱就是活在死亡之中，
那样活着欢笑就等于悲泪长流。

"谁愿穿一件尚未缝好的衣裳？
谁会摘一朵尚未绽开的蓓蕾？
抽芽的幼木若受到丝毫的伤害，
便会失去价值，在盛年枯萎；
如果让小马驹加鞍驮人载物，
那它们永远也长不成骏骥骖騑。

"你捏疼我的手了，让我俩分手吧，
快停止这种无聊透顶的胡扯瞎诌；
请解除对我这铁石心肠的围困，
因为它不会屈服于爱的威迫利诱。
请收回你的誓言、奉承和虚假眼泪，
因为此心如铁，它们打不开缺口。"

"你居然会说话？你居然有舌头？
真希望你是哑巴，或者我耳聋！
你美人鱼般的声音更把我伤害，[1]
我心早有重负，如今更沉重；
因天籁神曲中也会有低哑之声，
美妙的音乐悦耳却令心儿悲痛。

"要是我没有眼睛，只有耳朵，

1　本行和第 32 页中的"美人鱼"均指塞王（Siren），用歌声诱惑航海者的海妖塞王通常被艺术家绘成半人半鸟状，但偶尔也被绘成半人半鱼状。——译者附注

耳朵会爱你不可见的内在之美；
要是我耳朵聋聩，你外在的美貌
会使我其他器官的感觉更敏锐；
要是我既无眼可视，也无耳可闻，
单凭摸摸你我也会往情网里坠。

"要是连我的触觉也抛弃了我，
我不能看，不能听，也不能触摸，
除嗅觉之外我已经一无所有，
我对你的一片痴情也不会减弱，
因为你美艳绝伦的脸上流香溢露，
单凭嗅觉就足以使人燃起爱火。

"但既然你如此款待这四种感官，
那对于味觉你该是多美的盛宴！
难道它们不希望此宴天长地久，
不派多疑的'谨慎'锁门把关，
以免'嫉妒'，那乖戾的不速之客，
会偷偷摸摸溜进来在席间捣乱？"

两片犹如朱门的红唇再次开启，
为他的话语让出一条甜蜜的通道，
就像红霞满天的拂晓往往会预示
大海上的灾难、陆地上的风暴、
林中鸟的悲哀、牧童的苦恼、
牧群和牧人都要遭遇的飓风狂飙。

她及时注意到了这不祥之兆：
恰如暴雨将至之前的风停树静，
好似野狼嗥叫前的龇牙咧嘴，
又像浆果冒浆之前的壳绽皮分，
或像是就要出膛的致命子弹，
他话未出口，意图已令她惊心。

她一看他的神色便跌倒地上，
因神色能使爱复活，也使爱死亡；
微笑可治愈皱眉造成的伤痛。
幸运的破产者会因爱而重新兴旺！
那天真的少年以为她玉殒香消，
忙拍她苍白的脸，直到脸泛红光。

慌乱中他完全忘了自己的初衷，
因为他本来是想把她痛斥一顿，
狡黠的爱神躲过了这顿痛斥，
急中生智反倒使她交上了好运！
因为她躺在草地上像死去一般，
直到他的气息重新赋予她生命。

他捏捏她的鼻子，拍拍她的脸庞，
弯弯她的手指，探探她的脉搏，
然后又揉嘴唇，想尽千方百计
要弥补他因狠心而闯下的大祸，
他轻轻吻她，而依她的心意，
只要他亲吻不停她就不想复活。

此时悲哀的夜晚已变成了白天，
她慢慢睁开了她碧蓝的双眼，
像灿烂的朝阳披着鲜艳的新装，
使清晨感到欣慰，使人间安然，
正如朝阳使天空显得更绚丽，
她的眼睛使她的脸显得更娇艳。

她的目光凝视着他光洁的脸庞，
仿佛她双目是从他脸上借得华光。
要不是他那对眸子被愁眉遮暗，
这四盏明灯绝不会混淆其光芒；
不过她的眼睛蒙着晶莹的泪花，
看上去就像夜晚水中的月亮。

她问："我在哪儿，地下或天上？
是在烈火之中，还是浸泡在汪洋？
现在是何时？是清晨还是黄昏？
我是想活下去还是渴求死亡？
刚才我活着，却感到死的痛苦，
接着又死去，却尝到活的欢畅。

"你曾让我死，请再让我殒命！
你狠毒的心一直在教唆你的眼睛，

教它们对我不屑一顾，睨而视之，
结果它们杀害了我可怜的心，
而我这对真正指引心灵的眸子，
若非你嘴唇仁慈也会死于非命。

"既有如此神效，愿它们长久相吻！
愿它们嫣红的色泽永不消退！
愿它们的鲜嫩和芳香经久不衰，
以便在祸祟之年驱瘟神疠鬼！ [1]
以致预卜死亡的星象家们会说
这场瘟疫[2]是被你的气息屏退。

"你的芳唇在我柔唇上留下甜吻，
为此吻长留我得签什么样的协定？
我可以心甘情愿地把自己卖掉，
这样你就可出个好价把交易做成，
成交之后你若担心出什么差错，
盖你的私印于我唇上以验明此身。

"一千个热吻即可买下我的芳心，
你可以在闲暇时支付，一吻接一吻。
一千个吻对你来说算得了什么？
难道不是很快能数完，很快付清？

---

1 诗人在此把阿多尼的嘴唇比作消毒用的香草。在伊丽莎白时代，人们习惯把芸香或其他香草
撒在室内以防止传染瘟疫。——译者附注
2 指 1592 年 4 月至 1594 年春天流行于伦敦的那场瘟疫，莎学家们把这两行诗作为确定《维纳
斯与阿多尼》创作年代的一条线索。——译者附注

假定你逾期未付，欠债应该加倍，
难道这麻烦不就是区区两千热吻？"

"美丽的爱神哟，你若真爱我，
请把我的冷淡归因于我年幼，
在我成熟之前别试图与我交欢，
绝没有渔夫能忍心对鱼秧下手，
枝头的青梅成熟后自然会落下，
若不待成熟就摘，吃起来会涩口。

"你瞧人间的安慰者[1]已人困马倦，
它白昼灼热的行程已结束在西天；
夜的预报者鸥鹆在尖叫，天色已晚；
鸟儿已经投林，羊群也已经归圈，
而遮暗了上天光明的片片乌云
正在敦促咱俩分手，快互道晚安。

"现在让我道晚安，你也说再见；
你若说出这两个字将得到一吻。"
"再见，"她说，而不待他道晚安，
为分手许下的甜蜜诺言已被履行；
因为她亲热地伸手搂住他的脖子，
这下他俩脸贴脸似乎成了一人。

他直到喘不过气来才挣脱身子，
收回甜蜜的红唇和潮润的香气，
她饥渴的嘴唇虽已饱尝鲜味，
但却抱怨说它们仍然又渴又饥，
他因吻多而腻，她却因吻少而晕，
结果双双倒地，嘴唇又吻在一起。

贪婪的欲望已捕到柔顺的猎物，
她已尽情酣食痛饮，但仍不知足，
她的唇已征服，他的唇已屈从，
她想要多少赎金他都会如数支付；
可贪得无厌的爱神却漫天要价，
想一口吸干他嘴唇这座宝库。

既然已尝到猎物鲜美的滋味，
她便开始更加疯狂地攫香掠美；
她热血沸腾，脸上冒着热气，
孟浪的情欲令她更加胆大妄为，
怕什么超常越轨，违情悖理，
寡廉鲜耻名誉扫地她全不理会。

他被她搂得脸红身热，目眩头晕，
像被人驯养的野鸟变得温顺，
或像头小鹿被人追得精疲力竭，

---

3 人间的安慰者：指太阳。参阅第25页相关诗行。——译者附注

或像执拗的孩子因哄慰而安静，
他现在已服服帖帖，不再挣扎，
她尽其所能地掠取，仍难以尽兴。

蜡冻得再硬加热后也会变软，
最终会随着轻轻揉搓而变幻。
山穷水尽时铤而走险常获成功，
情场上更是如此，无须谁授权；
欲望不像懦夫那样缺乏勇气，
对手越难制服它越是追求得欢。

当初若是见他皱眉就畏缩不前，
她就难饮他唇上的玉液琼浆。
疾言厉色吓不倒真正的恋人，
玫瑰终被摘，它有刺又有何妨？
美即使被二十把大锁牢牢锁定，
爱最终也会破门而入把它品尝。

可惜现在她不能再把他强留，
因可怜的少年哀求说他应该返程。
于是她决定不再强留他在身边，
便与他告别，嘱咐他看好她的心，
她凭着丘比特的神弓赌咒发誓，
说她的心从此就在他心中囚禁。

"可爱的少年，"她说，"今宵多苦！
相思之情会使我通宵难以闭目。
爱的主宰哟，咱俩明天能否相会？
能否？能否？您能否与我再晤？"
他对她说不能，他已经另有安排，
明天他要和朋友一道去猎野猪。

"野猪？"她闻此言顿时面如死灰，
仿佛娇红的玫瑰被一块白纱遮挡，
他的话令她不寒而栗，浑身发抖，
她又伸手紧紧搂住他的颈项。
她头一晕，双臂仍搂着他的脖子，
结果她仰面倒地，他扑在她身上。

这下她倒是真进了爱的比武场，
她的骑士已上马要进行一场较量；
谁知她的感觉是一场虚幻春梦，
他无意驭驾她，尽管骑在她身上，
她的痛苦比坦塔罗斯[1]的还更难忍，
因为她拥抱着福地却得不到欢畅。

像可怜的小鸟被画中葡萄欺哄，

---

1 坦塔罗斯（Tantalus）：据希腊神话传说，坦塔罗斯乃宙斯（Zeus）之子，他因触怒众神而被罚入地狱受饥渴之苦，他身子浸在水中，头顶上悬着鲜果，但他欲饮水则水退，欲食果则果离。——译者附注

虽说饱了眼福，却腹中空空，[1]
她就这样在焦思中饥渴难耐，
像可怜的鸟儿望着鲜果在画中。
她发现他缺少热烈的柔情蜜意，
便想用更多亲吻使他春心萌动。

她尝试了所能尝试的各种手段，
可结果还是竹篮打水，终归枉然。
她的哀求本来值得更大的报偿，
可恋爱中的爱神却得不到爱恋。
"呸，"他说，"快松手让我离去，
你没有理由对我这样胡搅蛮缠。"

"你若不告诉我你要去猎野猪，
可爱的少年哟，我早就让你走掉。
但现在请听我说，你也许不知
用标枪去扎野猪有多么糟糕，
它一直在磨从来不收起的尖牙，
就像凶残的屠夫总在霍霍磨刀。

"它的拱背上有粗鬃排兵列阵，
历来就令它的对手胆战心惊，
它发起怒来眼睛就像闪闪萤火，
它的嘴四处乱拱像在掘墓挖坟；
它一旦被惹恼就会横冲直闯，

而谁碰上它的弯牙谁就会丧命。

"它健壮的两肋也有厚厚粗鬃，
像坚实的铠甲能挡住你的长矛；
它又粗又短的脖子不易受伤害；
暴躁时它连狮子也敢去侵扰。
密密的荆丛和灌木林都很怕它，
一见它就让路，任它横行霸道。

"唉，它才不会珍惜你的美貌，
虽爱神的眼睛向你的美频频献媚；
它不会爱你的玉手、芳唇和明眸，
虽它们令世人赞叹，有口皆碑；
多可怕呀！只要它一有机会，
就会像毁草地一样毁掉这些美。

"哦，让它就呆在它肮脏的猪窝！
美与这样的恶魔没有丝毫瓜葛。
千万别随意进入它危险的领地，
听朋友的忠告往往能消灾避祸。
实不相瞒，刚才你说到野猪，
我为你担惊受怕，吓得直哆嗦。

"难道你刚才没看到我面如死灰？
没看出我眼里透出的畏惧惊恐？

1　据传古希腊画家宙克西斯（Zeuxis）画技高超，所绘葡萄曾引来群鸟争食。

我难道不曾晕厥？不曾倒在地上？
此刻你依在我怀里，可这胸中
不祥的预兆令我不安，令我心惊，
使胸脯像在地震，使你上下簸动。

"因为哪儿有爱，哪儿就有忧虑，
而忧虑常把自己称为爱的卫士，
它每每误发警报，误称有骚扰，
在平安无事的时候也高喊'杀敌'，
往往令情深意浓的爱也减低欲望，
像疾风冷雨一般把烈火灭熄。

"这乖张的密探，好战的奸细，
这吞噬爱情幼芽的可恨的蛀虫，
这无事生非、兴风作浪的忧虑
虽有时失误，有时也把真情传送，
它叩击我心扉，在我耳边低语，
说我若爱你就得为你忧心忡忡；

"不仅如此，它还在我的眼前
呈现出一幅野猪逞凶的画面，
在它锋利的尖牙下有一具躯体，
那具酷似你的躯体血迹斑斑，
鲜血浸透了他身旁的朵朵娇花，
使花儿纷纷弯腰低头为之悲叹。

"要真看见你那样，我该怎么办？

现在只想到那画面我都在发抖。
这念头使我脆弱的心在流血，
恐惧教会我的心能预感兆头征候；
因此我预言你明天若去猎野猪，
你会死于非命，我将终生哀愁。

"若你非要去狩猎，请听我劝告，
你只能放猎犬去追胆小的野兔，
或是去猎杀凭狡猾过日子的狐狸，
或是把见人就躲闪的小鹿追逐；
总之你只能骑着骏马，跟着猎犬，
在开阔地带追猎这些弱小动物。

"当你追赶半瞎眼的野兔之时，
要留心看那小东西为逃脱灾难，
会如何追风逐日地全速飞奔，
会怎样机敏诡诈地东躲西闪，
它钻进钻出的那些树篱空隙
会像一座迷宫令追兵眼花缭乱。

"有时候它会混身于羊群之中，
叫老练的猎犬也闻不出气味；
而有时候它会藏进穴兔的洞里，
让咆哮不已的猎犬止住狂吠；
有时候它还会与鹿群相依相伴：
敏捷出自应急，妙计生于临危。

"因为这样各种气味就相互混淆，
凭嗅觉追踪的猎犬会心生狐疑，
它们会停止狂叫而仔细分辨，
直到从各种气味中辨出那气息。
然后它们的吠声又会直冲云霄，
好像另一场追猎正进行在天宇。

"此时远处小山上可怜的野兔
会用后腿支起身子，竖耳倾听，
听它的敌人是否还在紧追不舍。
而不久后它就会听到追杀的声音，
这下它心中之悲苦真难以比拟，
恰似病入膏肓者听见丧钟幽鸣。

"这时你可见那浑身沾露的野兔，
东拐西弯，横跌竖撞，左冲右突。
居心不良的荆棘都来缠它的酸腿，
森森阴影沙沙风声都令它怯步，
因坍塌之墙常会被众人踩踏，
倒霉背运者也很少有人肯相助。

"请少安毋躁，听我再说两句，
别使劲挣扎，我不会让你站起。

为了让你对追猎野猪深恶痛绝，
我一反常态对你大讲寓言玄机，
以此事述彼理，再如此这般，
因爱能阐释每一种灾殃祸事。

"我刚才说到哪儿？""这没关系，
你放我走就算你已经讲完故事；
现在已夜深人静。""那又怎样？"
少年回答："我的朋友正盼我回去，
可天这么黑，我走路恐怕要摔跤。"
她说："爱情在黑暗里看得最清晰。"[1]

"但要是你真摔倒，请你这样想：
是爱你的大地把你的双足挽留，
让你摔跤不过是为了亲你一亲；
奇珍异宝会让君子也变成小偷；
因此脑腆的狄安娜才用乌云遮脸，
唯恐因偷吻你一下而背誓丢丑。[2]

"现在我看出了今宵黢黑的原委：
是月神狄安娜因害羞而自掩了银辉，
为了让从天上盗走神模的'造化'
因仿造神形而被宣告犯叛逆之罪。

1 马洛有诗云"黑夜是丘比特的白天"（Dark night is Cupid's day）。——译者附注
2 据罗马神话传说，狄安娜（Diana）不仅是月神、猎神，还是发誓要守身如玉的处女神，她
   唯一的一次有失检点就是曾悄悄爱上美少年恩底弥翁（Endymion），并趁他熟睡时偷偷吻
   他。——译者附注

是'造化'违抗天命用神模造你，
白天叫太阳脸红，夜晚令月亮羞愧。

"因此月神便买通了命运女神，[1]
要糟践'造化'造美的精湛技艺，
她们往美中掺入各种缺陷瑕玷，
让纤尘不染的美变得瑜中有疵，
从而使美容易受到伤害摧残，
被疯狂的灾难和数不清的疫疠：

"如可怕的热病、疟疾和昏晕，
荼毒众生的鼠疫和癫狂的癔病，
还有吸精竭髓、耗损元气的痨瘵，
染此病者会因血热而耗神伤身；
至于恶心、脓疮、忧郁和绝望
也都诅咒给你美的'造化'短命。

"而这些病症疾患中最轻的一种
也可在片刻的侵袭中把美摧毁；
刚刚还叫公正的观者击赏的风姿，
适才还令无私的旁人惊叹的妩媚，
转眼间就春残花落，红消香断，

像骄阳融化的山间雪一去不回。

"所以不要管那不结果实的贞操，
不要学维斯塔贞女和自爱的修女，[2]
她们只会让这个世界人丁稀少，
变滚滚红尘为缺童少孺的荒地；
请慷慨一点吧！夜里辉煌的明灯
都是靠燃尽灯油才把光给予人世。

"若你不想把后嗣毁在幽冥之中，
依照时序天道你一定得有儿女，
可眼下你的身躯不就是一座坟墓，
张着大口似乎要埋葬你的后裔？
若果真如此，世人将要对你轻蔑，
因为你的骄傲把美好的希望窒息。

"这样你就等于是毁掉自己，
其恶大于血腥野蛮的手足相争，
大于绝望者用绝望之手自戕，
或凶残的父亲剥夺儿子的生命。
斑斑锈垢会腐蚀被埋藏的财宝，

---

1 在希腊神话中，"命运女神"是"命运三女神"的总称，她们是主神宙斯的三个女儿：大女
  儿纺织人的生命之线，二女儿负责丈量生命线的长短，小女儿负责切断生命线。
2 维斯塔（Vesta）乃罗马神话中的女灶神，维斯塔贞女是侍奉维斯塔神庙的女祭司，她们自幼
  从豪门望族中被选入神庙，侍奉灶神 5—30 年不等，其间必须遵守誓言保持贞节，否则将被活
  埋；另，西方的修女侍奉上帝是为了让自己的灵魂得到拯救，故曰"自爱"。——译者附注

而加以利用的黄金可再生黄金。"[1]

"好啦,"阿多尼说,"到此为止,
不要再唠叨你陈腐无聊的话题。
我刚才给你的一吻就算是白搭,
可你要逆水行舟也枉费心机,
因为在这滋养情欲的漆黑之夜,
你的话使我对你越来越生厌腻。

"即使爱情借给你两万条舌头,
而且条条都比你自己的舌头灵巧,
言甜语蜜就像是美人鱼的歌声,
这歌声对我的耳朵也完全无效;
因为我武装的意志守卫着耳朵,
绝不容淫声浪语溜进我心窍。

"以免那种诱惑人的靡靡之音
会飘进我风平浪静的内心深处,
让我幼小的心灵动荡不安,
再不能安然居于幽谧的小屋。
不,女神哟,我的心不想呻吟,
它只想安眠,像现在这样蛰伏。

"你所说的哪一点我不能驳斥?

把人诱向危险的路条条都是坦途。
我不讨厌爱,但厌恶你的爱法,
那实际上是水性杨花,人尽可夫。
做爱是为了繁衍?多稀罕的理由!
这理由其实是宣淫纵欲的鸨母。

"别称这为爱,因爱已逃往天上。
自从淫在这世间篡夺了爱的名分,
淫披着爱的纯洁外衣把美吞噬,
却让爱代为受过,玷污爱的名声;
那淫荡的暴君损害爱的名声,
就像是毛虫慢慢蚕食幼芽嫩茎。

"爱好比雨后阳光使人欣慰,
淫则是晴日后的风雨令人沮丧;
爱之和煦春天岁岁季季常留,
淫之严冬不待夏尽就匆匆临降;
爱总适可而止,淫会因贪而亡,
爱永远讲真话,淫则总是撒谎。

"我还能再说,可我不敢多讲,
这话题太古老,而言者却太年少,
所以我现在是真要离你而去;
我此时还满脸羞愧,满腹懊恼,

---

1 以上两行暗引《圣经·新约·马太福音》第 25 章第 14—30 节中耶稣所讲的一则寓言:主人
   把钱财分给三名仆人,其中二人用钱赚钱受到奖赏,另一人因把钱埋入地下不加利用而受到
   惩罚。——译者附注

我这双奉陪你艳词淫句的耳朵
此时还在为受到的冒犯而发烧。"

说到此他奋力从她怀中挣脱，
甩开玉臂的拥抱、酥胸的纠缠，
迈开步子穿过幽林朝家飞奔，
让爱神独自躺在林中深深悲叹。
像一颗明亮的流星划过夜空，
他就那样滑离爱神的视线。

她两眼凝望着他离去的身影，
像岸上人目送乘船离去的朋友，
一直望到巨浪洪波吞没帆影，
只剩远方云浪相接，水天悠悠；
无情黑夜就像那些洪波巨浪
把她默默凝视的那个身影卷走。

她怅然若失就仿佛一不当心
把一件贵重的珠宝掉进了海里；
她惊恐不安就像是夜间行路，
走进陌生的森林时火把被吹熄；
她就这般凄惶地躺在黑暗之中，
因为她失去了为她引路的火炬。

她捶自己的胸口，于是心呻吟，
周围的山洞似乎也感到不安，

幽洞深岫发出一阵阵的回声，
重复着她凄凄切切的呻吟悲叹：
"唉，"她叹息，无数幽洞应和，
于是"唉唉"之叹息回荡不散。

听着回声她用一种悲哀的曲调
唱出一支令人伤感的小曲：
爱如何令青年着迷，老人昏愦，
爱如何让聪明一世者糊涂一时。
她忧伤的歌声依然以叹息结尾，
回声合唱队依然也连连叹息。

她用绵绵歌声打发那漫漫长夜，
虽说情人恨夜短，夜其实很长；
情人自家快活就以为别人也喜欢
花前月下、卿卿我我、窃玉偷香。
他们往往爱讲没完没了的故事，
可故事还没讲完听者早不知去向。

因为除了那些应声虫似的回声，
还有谁伴她度过这漫漫长夜？
回声就像一叫就应的酒店伙计，
对再任性的顾客也会奉承巴结，
她说是，回声就说的确如此，
她说非，回声就说的确不是。

看哟，厌倦了睡眠的云雀
从沾露的窝巢振翮高高飞翔，
它唤醒黎明，而从黎明的怀中
冉冉升起高贵而庄重的太阳，
太阳用灼灼目光俯瞰这个世界，
使树梢山顶都染上灿灿金光。

爱神因这朗朗之晨向太阳致意：
"哦，光明之神，光明的庇护者，
世上每盏明灯，天上每颗星星
从来都是借你的光芒使之增色，
如今有个凡尘母亲所生的孩子 [1]
可以借给你光，如你通常所做。"

说完她忙冲向一片桃金娘树丛，
心中纳闷为何清晨早已来临，
而她却没听见她心上人的音信。
她侧耳想听见犬吠和号角声声，
随即她果真听见了猎犬狂吠，
于是她朝着狗吠之处急速飞奔。

当她飞奔时有荆棘灌丛挡路，
有的抓她的颈，有的吻她的脸，
有的缠住她双腿要叫她留步。
但她疯狂地挣脱了它们的纠缠：
像一头哺乳期奶头发胀的母鹿

急着赶回藏树丛后的小鹿身边。

此时她听出那些猎犬面临强敌，
她就像忽遇毒蛇，胆战心惊；
盘蜷着身子横挡住去路的毒蛇
会令人浑身发抖，战战兢兢；
猎犬胆怯的汪汪声就是这样
令她禁不住直哆嗦，令她惊魂。

她现在知道那绝非是弱小动物，
而是凶猛残暴的熊、狮或野猪，
因为嘶叫声一直停留在一个地方，
猎犬惊恐的吠声也来自该处；
肯定是猎犬发现对手那么凶猛，
便都互相推让，不争先去角逐。

这不祥的吠声在她耳边悲鸣，
并钻进耳朵使她的心惶惶不定，
疑惑与恐惧把她的心征服，
使四肢麻木，所有感官都失灵；
就像士兵们一旦看见主帅阵亡，
便望风而逃，再也不敢恋阵。

她就这样浑身发抖，神情恍惚，
直到惊呆的感官都重新恢复，

1 参见第 18 页注释 2。——译者附注

她告诉自己这般惊恐毫无来由，
无端惊恐是孩子常犯的错误；
她叫自己别再发抖，别再害怕，
话音未落她就瞥见了那头野猪。

它白沫四溢的嘴被染得通红，
像是牛奶与鲜血混淆模糊，
恐惧再一次袭上她的全身，
催她快跑却不知跑往何处。
她忽而朝前冲，忽而止步，
忽而又折回责骂行凶的野猪。

一千种冲动驱她奔向千条道路，
她在一千条道路上来去匆匆。
心急火燎反令她欲速则不达，
慌慌张张就像醉汉酒鬼的举动，
有许多打算，但都未仔细考虑，
疲于奔命，但没有一事成功。

她发现一只猎犬缩在灌木丛中，
便向那可怜家伙要它的主人，
接着她看到另一只正在舔伤口，
治毒牙咬伤只有这种方法最灵，
随之她遇见第三只正垂头丧气，
朝它问话它只报以哀鸣声声。

这一只刚刚停住它刺耳的哀鸣，
另一只耷拉着嘴唇的丑陋的黑狗
又对着寥寥苍昊发出凄厉叫声。
接着一只只猎犬回应，其声悲忧，
平日里骄傲的尾巴都拖在地上，
受伤的耳朵不住摇晃，鲜血直流。

就好像尘世间可怜的芸芸众生
一见到奇幻异象就胆战心惊，
总会用恐惧的目光久久地凝视，
将其解释成可怕的凶兆恶征；
她面对此景也倒抽了一口凉气
随之喟然长叹，开始咒骂死神：

"你这丑陋不堪、瘦骨嶙峋的暴君，
你这拆散鸾凤的可憎可恨的死神，
你这狰狞的魔鬼，人世间的蛆虫，
你为何扼杀美艳，盗走他的生命？
他活着的气息使紫罗兰更芬芳，
他活着的美艳使玫瑰花更动人。

"他若是死去——哦，这不可能，
你要是看见他有多美就不会忍心；
但这也可能，因为你有眼无珠，
不过是心怀恶意地乱砍乱割一阵。
你的目标本是衰老，但你的镰刀

却错过目标劈开了一位少年的心。

"你若曾叫他当心，他就会答话，
而他一开口你的威力就会融化。
命运女神会因这一刀而把你诅咒，
本叫你刈除衰草，你却割了娇花。
本来应是爱神的金箭向他射去，
而不该是死神的镰刀把他砍杀。

"莫非你想喝泪，惹我这样痛哭？
不然这种痛哭对你有什么好处？
你为什么要让那双眼睛永远闭上，
那双眼睛曾教所有眼睛放眼纵目？
如今'造化'不再怕你毁灭的力量，
因她最美的杰作已毁于你的严酷。"

说到此她被绝望压倒，悲不自胜，
她垂下眼睑就像关上两道闸门，
要堵住那道飞流直下的晶莹泪泉，
不让它从美丽的脸腮流向胸襟；
可泪泉如雨不断冲击关闭的水闸，
以势不可挡之力又冲开了闸门。

哦，她的眼睛和泪水交相辉映，
泪中眸子晶莹，眼中泪花剔透，
相互映出各自深含的悲愁哀戚，
映出叹息想止住的哀戚悲愁；

但就像风雨交加之日忽风忽雨，
叹息刚吹干脸腮，悲泪又长流。

不尽哀伤唤起她心中的百忧千愁，
都争着要充当最忧最愁的伤悲，
她心容千愁百忧，忧愁各施淫威，
似乎每一种都可令她五内俱毁，
发现难分高低，它们便沆瀣一气，
像片片酝酿暴风雨的乌云聚汇。

此时她听见远方有猎人呼猎犬。
她比婴儿听见摇篮曲还更高兴，
心中那些可怕的想象和疑惧
被这希望之声驱除得干干净净，
重新燃起的希望令她欣喜若狂，
使她以为那就是阿多尼的声音。

于是她汹涌的泪水开始退潮，
囿于眼中像珍珠贮在玻璃瓶里，
不过偶尔会有一滴夺眶而出，
但脸将其融化，仿佛不准它去
洗涤大地那张脸庞上的污渍，
因大地只湿透，而她几乎淹死。

不可思议的爱哟，真不可思议！
忽而疑神疑鬼，忽而见风是雨！
要么悲痛欲绝，要么欣喜若狂，

绝望与希望使你显得荒唐滑稽；
希望用"未必会"使你高兴，
绝望用"可能会"令你悲戚。

她开始把自己结的疙瘩解开：
阿多尼活着死神就不该被责怪。
她说死神罪大恶极并非本意，
现在她替那可憎之名贴金敷彩：
称他为坟墓之王、王之坟墓、
世间芸芸众生至高无上的主宰。

"可爱的死神，我刚才只是戏言，
但仍然请你原谅，当时我太担心，
以为我已遇上那头残暴的野猪——
那个从不知怜悯为何物的畜生；
所以温柔的死荫[1]哟，实话实说，
我骂你是因为我怕我爱人已丧命。

"这不能怪我，是野猪叫我瞎说，
无形的主宰哟，请你朝它发火；
正是那卑鄙的畜生对你诬蔑诽谤，
我只是被唆使，它才是教唆者。
悲哀有两条舌头，任何一个女人
若无过人之智慧都难以将其羁勒。"

这般希望阿多尼还活在世上，
她过分仓促的疑惧被一扫而光，
因为想让他的美能天长地久，
她竟然低三下四地为死神捧场，
与他谈起纪念碑、雕像与陵墓，
还谈起他的胜利、凯旋和辉煌。

"哦，朱庇特，你看我有多傻，
居然有如此迟钝而愚蠢的脑瓜，
竟为活人哭丧，而他不可能死，
除非这世间万物皆成流水落花！
因为他一旦夭亡，美将随他而去，
而美一旦消亡天地又会混沌无涯。

"唉，盲目的爱哟，你充满疑惧，
像腰缠万贯者担心周围的小偷；
并非亲眼所见亲耳所闻的琐事
也会令你懦怯的心因玄想而哀愁。"
说到此她忽然听见了欢快的号角，
她一跃而起，忘了刚才的悲忧。

像猎鹰扑向诱物[2]，她飞身向前，
轻盈的脚步连小草也没踏弯，
可在飞奔的途中她不幸看到

---

1 死荫：原文 shadow 出自《圣经·旧约·诗篇》第 23 篇第 4 节：…though I walk through the valley of the *shadow* of death, I will fear no evils: for thou art with me（虽然我穿行于死荫之幽谷，但我不怕罹祸，因为你与我同在……）。——译者附注
2 诱物：指表面贴有羽毛、形同禽鸟的物体，猎人以此来召回猎鹰。

她心上人被野猪咬得血迹斑斑，
此情此景使她双目突然失明，
仿佛自惭形秽的星星躲避白天，

或像柔嫩的触角被碰击的蜗牛
急忙缩回壳中，强忍着疼痛，
屏住气息蜷伏在黑洞洞的壳里，
过了好久都还不敢往前爬动；
她的眼睛一见那血淋淋的场面，
就这样躲进了幽深的眼窝之中，

在那儿它们向不安的大脑辞职，
要放弃自己的分内工作和光明，
大脑叫它们陪着丑陋的黑夜，
别再用外面的景象来伤害心灵，
心灵则像个坐立不安的君王，
因眼睛的刺激而发出一声呻吟。

其他部位器官都随之不寒而栗，
仿佛是囿于大地深处的狂飙
为争夺出路而引起地动山摇，[1]
其恐怖之景象使人心惊肉跳。
这场骚乱令全身各处如此惊吓，
以致眼光又从黑暗的眼窝闪耀。

两眼一睁开便把不情愿的目光
投向被野猪撕开的宽宽伤口，
伤口在他百合花般柔嫩的腰间，
雪白的腰如今已被鲜血染透。
他身旁的山花野草、青枝绿叶，
无不被血染，似乎也殷血长流。

可怜的爱神目睹这肃穆的悼念，
情不自禁地把头耷拉在肩上，
她默默地强忍悲痛，神癫意迷，
竟以为他不会死，没有夭亡；
她嗓子忘了发音，关节忘了动，
她一直在流泪的眼睛变得痴狂。

她是那么专注地察看他的伤口，
以致眼花把一处伤看成三处，[2]
于是她责备自己眼花缭乱，
在没有受伤的地方把伤口多数。
可他的脸也成对，肢体也成双，
因心乱时眼睛往往看碧成朱。

"他一人死去我已难述哀伤，
可眼前分明有两个阿多尼身亡！
我的悲叹已尽，我的咸泪已干，

1 以上两行之描写正是伊丽莎白时代人们对地震的解释。——译者附注
2 比较《亨利六世》（下）（The Third Part of Henry the Sixth）第二幕第一场第 25 行："是我眼花了吗，我怎么会看见有三个太阳？（Dazzle mine eyes, or do I see three suns?）"——译者附注

我的心底铅重，我的眼中火旺。
心之铅哟，请在眼之火中熔化，
这样我就能死于热望的滴淌。

"可怜的人世哟，你失去了瑰宝！
如今还有何值得凝眸的花容月貌？
还有谁的嗓音称得上飞泉鸣玉？
无论过去将来你还有什么可夸耀？
花儿固然可爱，固然娇嫩艳丽，
可真正的美已随他一起玉殒香消。

"从今以后无人需要戴帽披纱！
因为丽日清风不会再试图吻你；
既然无美可失，就无须害怕
太阳把你嘲笑，清风对你鄙视。
可当阿多尼活着时，丽日清风
就像潜伏的盗贼要掠他的美丽。

"所以那时他总是戴着便帽，
而炫丽的太阳偏从帽檐下窥视，
清风也老爱把他的帽子吹掉，
拨弄他的秀发，弄得他哭鼻子，
于是清风丽日马上可怜他年幼，
又争着看谁先替他擦干泪迹。

"狮子为一睹芳颜而把他尾随，
躲在树篱后偷看，因为怕他受惊。

当他为消遣娱乐而放开歌喉，
猛虎也会变得温顺并侧耳倾听；
狼一听见他说话就会丢开猎物，
而且那天绝不会再去惊扰羊群。

"他若忙立溪边看自己的身影，
鱼儿会展开金鳃追逐他的影子；
他若经过树林鸟儿会欢呼雀跃，
有的为他唱歌，有的忙着献礼，
为他衔来桑葚和红红的樱桃，
他飨鸟儿以美，鸟儿报以果实。

"可这头肮脏丑陋的尖嘴野猪，
它朝下看的眼睛总是在寻找坟墓，
它绝没看见他美丽的容貌身姿——
它所作所为便是证明，明白无误。
要是它看见了他的脸，那我深信
它是想去吻他才叫他一命呜呼。

"是的，是的，阿多尼就这样被杀：
当他手握利矛偶然撞上那头野猪，
野猪并无意在他身上磨牙砺齿，
而是想用亲吻的方式让他留步；
可多情的野猪用长嘴亲吻他腰时，
不知不觉将利牙插进了他的腹部。

"我承认要是我也有那样的尖牙，

我可能早就因吻他而叫他丧命，
但他已死去，而令我更不幸的是
他未曾用他的青春赐福我的青春。"
说到此她一头倒在她站立的地方，
她脸上也染上了他的斑斑血痕。

她凝视他的嘴唇，嘴唇已苍白；
她握住他的手掌，手掌已冰凉；
她在他耳边低声讲述她的痛苦，
仿佛那耳朵还能听她倾吐悲伤；
她掰开遮掩那对眸子的眼睑，
可两盏明灯已熄灭，黯然无光。

她上千次照过自己的那两面明镜
如今已不能再映照出她的身姿，
那晶亮无比的明镜一旦失去光泽，
所有的美便都失去了美的意义。
"时间的奇观[1]哟，我伤心的是
白昼居然还明亮，尽管你已死去。

"既然你已死去，那我在此预言：
从今以后忧伤将永远与爱相伴；
嫉妒从此将永远不离爱之左右，
爱会始于甜蜜，但终于苦恼厌烦；

爱之欢乐与痛苦绝不会成比例，
爱之快活永远敌不上爱之悲酸。

"爱将反复无常，充满欺诈，
爱的蓓蕾一绽放就会被摧成残花，
爱将会笑里藏刀，口蜜腹剑，
连最亮的眼睛也难把真伪觉察；
爱将使身强力壮者都变得衰弱，
令智者哑口无言，教白痴说话。

"爱将小气悭吝，奢靡放纵，
爱会教老者起舞，且舞姿雍容；
爱会教猖獗的歹徒循规蹈矩，
让富者变乞丐，让贫者成富翁；
爱将凶猛狂暴，但又温柔软弱，
使青年衰老，让耄耋返老还童。

"爱会在安然无虞时疑神疑鬼，
而在最该忧虑时却高枕无忧；
爱将善良仁慈，但又暴戾恣睢，
它最虚伪时偏偏显得最老实忠厚；
它最乖张时偏偏显得最百依百顺，
它令勇士心虚，叫懦夫胆大如斗。

---

1 时间的奇观：指阿多尼。参见第14页"造化之奇观"。——译者附注

"它将会引起战争，招灾惹祸，
它将挑起儿子与父亲之间的不和，
它将轻而易举地导致牢骚不满，
像枯草干柴容易引起熊熊大火。
既然死神让我的心上人英年早逝，
那天下痴男怨女将难享爱之欢乐。"

这时躺在她身边的那位少年
像一团云雾在她眼前消散融化，
而从他洒在地上的那滩血中
长出了一朵红白相间的小花，[1]
那雪白就好像他那张苍白的脸，
那鲜红恰似他的鲜血滴滴抛洒。

她低头去闻那朵花儿的芳香，
把那种芳香当作阿多尼的气息；
她说既然死亡把他与她分开，
她将让那朵小花开在她心底。
她摘下小花，花茎头流下绿汁，
她把这晶莹的绿汁当成是泪滴。

她说："可怜的花哟，芳香之子，

这就是你生身父亲一贯的稚气，
为一点儿烦忧就会悲泪长流。
他的愿望就是完全长成为自己，
而你也是这样，但你应该知道
萎在我怀中就是浸在他的血里。

"这是你父亲的卧榻，在我怀中，
你是他的后代，所以有权享用。
请你就在这空空的摇篮里安睡，
我这颗心将日日夜夜把摇篮晃动。
从此后我要时时亲吻我爱之花，
年年岁岁，岁岁年年，一刻不停。"

爱神就这样厌倦了茫茫人世，
匆匆套上牵曳香辇的银色鸽子，
银鸽待它们的女主人登上香辇，
便拉着她飞快地穿过空旷天宇，
鸽车朝着帕福斯城[2]急速飞奔，
爱神意欲永远在那儿隐迹幽居。

1　据神话传说和奥维德《变形记》第 5 章第 731—739 行记述，阿多尼变成的花名叫银莲花
　（anemone）。——译者附注
2　帕福斯城（Paphos）：塞浦路斯西南部一古城。据神话传说，维纳斯诞生于大海的浪花之后，
　最初是被西风吹到那里，故维纳斯又称帕福斯女神。——译者附注

鲁克丽丝受辱记

曹明伦 译

敬奉
南安普敦伯爵兼蒂奇菲尔德男爵
亨利·赖奥思利阁下

阁下忠实的仆人
威廉·莎士比亚

我对阁下之敬爱绵绵不尽，呈奉此无头断章[1]不足以表其万一。确保拙作蒙接纳者，乃阁下您高贵的天性，而非我粗陋的诗行。我已杀青之作，属于阁下；我该命笔之篇，亦属于阁下；因我所有所为之一切都属于阁下。若我诗才更甚，此篇之文采理当愈彰；然今朝今时，只能将拙笔依今样呈献阁下。祝阁下益寿延年，洪福齐天。

情节概要[2]

卢修斯·塔奎尼乌斯，即那位因狂傲而被冠以"高傲王"之名的暴君[3]，在导致其岳父塞尔维乌斯·图利乌斯被残忍谋害，继而违背罗马法典及惯例不经人民选举而篡夺王位之后，率诸王子和若干贵族将领前去围攻阿尔代亚[4]。围城期间某夜，罗马众将领聚会于六王子塔奎帐内。晚宴

1　指《鲁克丽丝受辱记》不是从头开始讲鲁克丽丝的故事。

2　此"情节概要"乃原文之一部分，非译者所撰。——译者附注

3　卢修斯·塔奎尼乌斯（Lucius Tarquinius Superbus，前？—前495）：古罗马王政时代第七代王（在位期为前534—前509），史称"高傲王塔奎尼乌斯"（又译"塔奎尼乌斯·苏佩布"，拉丁名 Superbus 有"妄自尊大"之义），他篡其岳父塞尔维乌斯·图利乌斯（Servius Tullius，第六代王）之王位，在位时专制暴虐，横征暴敛，漠视元老院权利，罗马人不堪其苦，将他及其家族逐出罗马，随后开始了罗马共和时代。——译者附注

4　阿尔代亚（Ardea）：在罗马城南约37公里处，是古代卢都利人（Rutuli）聚居的城镇，后发展为一重要拉丁城邦，因战乱和瘟疫而衰落，现为意大利拉齐奥区一村镇。——译者附注

后的闲聊中，众将领各自夸耀自家夫人的贞操，其中科拉丁[1]赞美其妻鲁克丽丝贞洁无比。众人乘兴驰返罗马，以秘密突查之方式验证各自之赞誉是否属实。结果发现唯独科拉丁的妻子在夜深时仍率众侍女纺纱，而其他贵妇都在跳舞狂欢，纵情作乐。于是众将领承认科拉丁获胜，承认其妻无愧于贞洁之名。其时六王子塔奎已对鲁克丽丝的美貌动心，但他暂压欲念，随众人一道回营。不久后他溜出营房，独自前往科拉丁堡[2]，凭其王子的身份，受到鲁克丽丝的盛情款待，并留宿城堡。他当晚卑鄙地潜入鲁克丽丝的卧房将其奸污，并于翌日凌晨匆匆遁去。鲁克丽丝悲恸欲绝，速遣两名信使分头去罗马和军营，向她父亲和科拉丁报信。二人闻讯而至，分别由尤尼乌斯·布鲁图[3]和帕布琉斯·瓦勒里乌斯[4]陪同。他们发现鲁克丽丝身着丧服，便问其缘由。她先请四人立誓为之复仇，然后揭露了罪犯及其罪行，言毕举剑自尽。目睹惨剧的四人一致发誓要推翻不共戴天的塔奎家族。他们送鲁克丽丝的遗体至罗马，布鲁图将凶手及其罪恶行径昭示民众，并强烈谴责国王的暴虐。罗马民众群情激愤，一致赞成并拥护将塔奎家族逐出罗马，罗马遂从由国王统治的王政时代变为由执政官掌权的共和时代。

1　科拉丁（Lucius Tarquinius Collatinus，又译柯拉廷努斯）：在推翻暴君塔奎尼乌斯之后，与尤尼乌斯·布鲁图（参见注释 3）联合出任罗马共和国首任执政官，但他也属于塔奎尼乌斯家族，故不久后便在布鲁图和其他贵族的劝说下辞职并迁出罗马。——译者附注

2　科拉丁堡（Collatium，或 Collatia）：古代萨宾人（Sabines）聚居的城镇，罗马城东约 16 公里处尚存其遗迹，该城在公元前便已衰败，罗马学者普林尼（Pliny the Elder，公元 23—79）在《博物志》（*Naturalis Historia*）中已将其称为"拉齐奥消失的城镇之一"。——译者附注

3　尤尼乌斯·布鲁图（Lucius Junius Brutus）：推翻塔奎王朝的主要领袖之一，相传 500 年后密谋刺杀凯撒的那位布鲁图（Marcus Junius Brutus，前 85—前 42）与他有血缘关系。

4　帕布琉斯·瓦勒里乌斯（Publius Valerius，前? —前 503）：亦是推翻塔奎王朝的领袖之一，科拉丁辞去的执政官一职由他接任。——译者附注

离开了正被围攻的阿尔代亚城，
离开了罗马众将领和围城大军，
凭借情欲和淫念虚幻的翅膀，
塔奎正挥鞭策马朝科拉丁堡狂奔。
压抑的欲火像灰烬潜埋在心底，
正伺机用火焰去拥抱鲁克丽丝，
拥抱科拉丁那位美丽贞洁的妻子。

或许正是那被赞誉的"纤尘不染"
不幸使他淫荡的本性走向极端，
都怪科拉丁一时糊涂，轻率出言，
夸她的雪肤凝脂红唇无比美艳，
夸她的粉面桃腮就是他的九霄，
夸她的眼睛灿若星斗煌煌皓皓，
而那皓洁星光只能把他一人照耀。

只怨前个夜晚在塔奎王子的营帐，
他当众显露了他幸福王国的珍藏：
上天竟慷慨地赐予他无价之宝，
让他拥有这风致韵绝的国色天香。
他认为自己的幸运无人比得上，
说君王虽能取得至高无上的声誉，
但却娶不到这等美艳无双的娇娘。

哎，世间有几多人能尽情享福？

福分一到手便很快变成过眼云雾，
就像清晨那些晶亮如银的露珠
一遇到太阳的金光就化为虚无，
尚未真正开始，就因期满而结束。
人所拥有的荣誉美貌是如此脆弱，
很难不被形形色色的邪恶玷污。

美自然会吸引男人爱美的目光，
无需用雄辩的言词来为它捧场。
那么科拉丁又何必向众人解说
他那位娇妻鲁克丽丝美貌无双？
既然这稀世珍宝只归他个人所有，
那他为何不避人耳目，什袭而藏，
反倒让爱偷听的耳朵知其端详？

也许是他夸鲁克丽丝百媚千娇
才激起这位王子心底的倨傲，
因为心底邪念常来自鬓边耳角。
也许王子就羡慕这奇珍异宝，
居高临下的对比令他妒火中烧：
微臣末将居然敢这般大出风头，
自夸连主子也没有的机缘运道。

如果以上臆测都不是真正原因，
也肯定有某种非分之念催他疾行；
忘了荣誉、军务、朋友和身份，
他怀着急切的心情策马飞奔，

一心只想去发泄胸中燃烧的欲情。
轻率的情欲哟，你将陷入悔恨，
树苗早萌会枯萎，不会长大成林！

当虚伪的王子终于来到科拉丁家，
当那位罗马名媛给他以热情欢迎，
美艳与德性便在她脸上交相辉映，
好像在争论该由谁来维护她的名声。
当德性一展露，美艳便羞得绯红，
而当美艳自诩那娇羞红润的容颜，
德性又会用一层银白色将它涂染。

不过美艳以维纳斯的银鸽[1]为凭证，
说那白皙的盾面[2]本有权拥有白银。
于是德性声称也拥有美艳的殷红，
而且早把红给了正值妙龄的女人，
教她们为银白的盾面镀一抹红金，[3]
教她们在战斗中使用红白相间的盾，
当遭羞辱进犯，红金应保护白银。[4]

鲁克丽丝脸上就呈现出这种纹章，
美艳之红和德性之白更迭于她脸上，
两种颜色都想成为另一种的女王，
都试图证明其权力来自远古洪荒。
但各自怀有的抱负使它俩纷争不已，
而双方又可谓势均力敌，旗鼓相当，
结果便常常轮流在位，交替称王。

这场百合与玫瑰之间的无声战斗
塔奎王子看在眼里，记在心头。
他奸诈的目光被纯洁的军队封堵，
怕在两军轮番围堵中一命呜呼，
这胆小的俘虏暂且低头表示让步，
而红白两军也宁愿让他自行开溜，
不愿得意于击退这种虚伪的敌寇。

这时塔奎想起她丈夫的拙舌笨嘴，
从中吐出的颂词不啻是对她的诋毁，

1　参见第 17 页注释 3。——译者附注
2　白皙的盾面：喻鲁克丽丝的面庞。伊丽莎白时代的诗人常把女性的面庞比作盾面，把女性的容颜比作盾面纹章。如锡德尼（Philip Sidney，1554—1586）的《爱星者与星》（Astrophel and Stella）第 13 首整首都是这种比喻，其中"银盾上的红玫瑰"既喻斯黛娜（Stella）的粉面桃腮，又喻其家族的纹章图案（银底上加三个红圈）。——译者附注
3　在伊丽莎白时代，"金色"和"红色"常被视为同一类颜色，如《约翰王》（King John）第二幕第一场"铠甲……被法国人的鲜血染红"句中的"染红"原文为 gilt（见皇家版第 322—323 行，河畔版第 315—316 行），再如《麦克白》（Macbeth）第二幕第三场"他银白的皮肤染上了金红的血"一句（见皇家版第 116 行，河畔版第 112 行）。——译者附注
4　羞耻心（红）乃女性维护其贞洁（白）的第一本能。——译者附注

那吝啬的浪子居然那样把美赞颂！
其贫词拙句难与这崇高的使命相配。
于是心醉神迷的塔奎用他的想象
来弥补科拉丁那挂一漏万的赞美，
直勾勾的目光正沉浸于想入非非。

那位被邪恶目光仰慕的人间圣女
对这虚伪的仰慕者丝毫没有怀疑，
因为无瑕的心灵很少梦见邪恶，
未曾落网的小鸟对密林从不畏惧。
她那么天真无邪，自然毫无戒心，
他虽心怀鬼胎，却显得彬彬有礼，
于是这尊贵的客人受到她的礼遇。

他以高贵的身份隐匿其心头诡谲，
用王家尊严掩饰潜于胸中的罪孽，
除他眼中隐约有过分好奇的神情，
无任何迹象可显示他居心叵测。
那双眼睛已饱餐秀色但仍显饥渴。
可怜的富豪哟，永远都不知足，
早已撑肠拄腹，还依然那么饕餮。

但她从不曾见过这种陌生的眼光，
因此看不出那眼神中的意味深长，
对这种写在书页边的眉批旁注，

她也不解其闪烁其词的深奥比方。[1]
她不曾吞过诱饵，不知有钓钩秘藏，
只觉他两眼炯炯有神，熠熠闪亮，
却读不出那种眼神中的淫荡轻狂。

他讲起她丈夫在丰饶的意大利原野
赢得的鼎鼎威名，立下的赫赫战功；
他用绚丽的赞词把科拉丁称颂，
说他凭受创的铠甲和武士的英勇
才获得凯旋的花冠，无上的光荣。
她禁不住挥舞双手表达心中的喜悦，
并默默感谢天神保佑她丈夫成功。

塔奎王子隐藏了此行的真实缘由，
为他登门造访胡乱编造了一些借口。
他那张灿烂得像无云晴空的脸上
丝毫没显出暴风雨将来临的征候；
直到恐惧之母——那幽幽夤夜
展开它黑黢黢的大幕把世界笼罩，
用它有穹顶的监狱把白昼拘囚。

饭后他与谦恭的女主人对烛夜话，
海阔天空几乎把整个夜晚打发，
这时候塔奎故作慵状，假装困乏，
于是被送至为他安排的客房卧榻；

---

1 比较《罗密欧与朱丽叶》(*Romeo and Juliet*) 第一幕第三场第 62—69 行（河畔版为第 81—88 行）。——译者附注

值此浓浓睡意与勃勃生机相争之时，
若非为了行窃，或者是担惊受怕，
天下人谁不想一觉睡到满天朝霞？

而塔奎此时却在卧榻上辗转反侧，
设想满足欲望会面临的危险与坎坷；
虽希望之渺茫规劝他放弃冒险，
欲望却极力怂恿他去把猎物俘获；
而希望之渺茫常使欲望更炽热，
尤当要夺的是这样一件稀世宝贝，
纵然可能送命，也甘愿赴汤蹈火。

那些贪得无厌者往往神魂颠倒，
为追求他们尚未拥有的珍宝，
每每贪小失大，把家资全都消耗，
结果想要的越多，得到的越少；
或所得多如牛毛，富得流油滴膏，
但却会像暴饮暴食者腹胀难消，
到头来终成金银散尽的破产富豪。

芸芸众生都一心只想人生受用，
既要追名逐利，又想长寿善终，
但熊掌和鱼往往都不能兼而得之，
结果或因小失大，或全盘落空：
如追求功名却在疆场上丢掉性命，
或舍名逐财，而逐财的代价最重，
到头来鸡飞蛋打，枉做一场春梦。

所以我们若为欲望去冒险投机，
我们就不再是我们所认为的自己；
贪得无厌可谓人类的致命弱点，
使人富贵不知乐业，反痛苦不已；
于是我们每每会忽略我们之所有，
而由于缺乏人生应该有的智慧，
贪多使已经拥有的财富也失去。

糊涂的塔奎此时就非要孤注一掷，
为纵淫欲不惜毁掉自己的名声，
或者说非要为了自己而毁掉自己。
人无自信自尊，还指望什么信任？
当他自己把自己抛给无底深渊，
抛给身后的长舌和日后的苦境，
难道还指望别人对他有恻隐之心？

现在夜深人静的时刻已悄悄降临，
沉沉睡意早已合上世人的眼睛。
天上没有使人感到慰藉的星光，
地上只有鸱鸮和野狼不祥的叫声，
这时候正是它们偷袭羔羊的时辰。
纯洁善良的心灵都已安然入睡，
而欲念和杀气却醒着，伺机害人。

这时欲火中烧的塔奎从床上跃起，
将华丽的斗篷往臂上草草一搭，
欲望和担忧使他既兴奋又犹豫，

欲望怂恿他向前，担忧令他害怕，
虽说担忧也一再劝主人悬崖勒马，
但终因受惑于情欲邪恶的魔法，
被欲望打得落花流水，流水落花。

他用佩剑剑头轻轻敲一块燧石，
冰冷的燧石飞溅出点点火星，
他随即用火星点燃一根蜡烛，
烛光定会像北极星指引他前行。
他对着这团烛光胸有成竹地说：
"我能逼这冰冷的顽石冒出火花，
也一定能逼鲁克丽丝就范委身。"

忽而担忧又开始让他脸色发白，
他又开始对面临的危险东想西猜，
他的内心深处进行着一场争论：
这事会带来什么样的悔恨和悲哀？
继而他轻蔑地嘲笑可怜的铠甲 [1]
居然想保护已多次自杀的性欲 [2]。
善恶之争就这样在他心底展开：

"快收敛你的烛光吧，荧荧蜡烛，
别让她那更灿烂的光芒变得模糊！
别再胡思乱想了，邪恶的念头，

趁你的邪恶尚未把那圣女玷污！
把纯洁的焚香献给那纯洁的圣殿，
让清白的世人都痛恨对爱的亵渎，
让玷污爱之贞洁者遭众人憎恶。

"啊，这是武士和纹章的奇耻大辱！
这是对我祖先陵寝的亵渎和玷污！
这是将招灾致祸的不敬神明的行为！
一名堂堂武士竟成为情欲的奴仆！
真的勇士永远都该有真正的敬畏，
而我的离经叛道是如此丑陋低俗，
这丑行将会铭刻进我家的盾面饰图。

"对，这丑行在我死后也将流传，
将成为我王家纹章上的一个污点；
纹章官会把某一笔添进纹章图案，
暗示我当年如何为情欲铤而走险；
我的子孙将把这一笔视为耻辱，
将会理直气壮地诅咒我的尸骨，
并希望不曾有过我这样一个祖先。

"就算天从人愿，我又能得到什么？
一场梦？一阵风？或片刻的快乐？
谁会为一粒芝麻丢掉一个西瓜？

---

1 可怜的铠甲：喻"担忧"，因"担忧"阻止他纵欲可谓保护他。——译者附注
2 自杀的性欲：性欲在宣泄之后消退，可谓性欲消灭了自己。——译者附注

谁肯为一颗葡萄而把葡萄藤砍伐?
谁愿为一时高兴而终生伴着泪花?
或哪个愚蠢的乞丐为了摸一下王冠,
竟甘愿被君王的权杖劈头打翻?

"要是科拉丁料到了我之所欲所慕,
他会不会如大梦初醒,勃然大怒?
并急匆匆赶回来阻止我的企图?
阻止这场对他美满婚姻的偷袭——
这种对圣贤的冒犯,对青春的玷污?
阻止这不仁不义、无羞无耻的歹徒,
其滔天大罪永远都不会被世人饶恕。

"若有朝一日我被指控闯此大祸,
我的想象力会找什么借口为我开脱?
我会不会四肢发抖,张口结舌?
会不会两眼发黑,心中血流成河?
这罪孽是这般大,而恐惧则更多,
极度恐惧既不能迎战,也没法逃脱,
只能像束手待毙的懦夫徒唤奈何。

"如果科拉丁杀了我的儿子或父亲,
或是曾设下埋伏,想要我的性命,
要么他压根儿就不是我的朋友,
那我夺妻之欲好歹也算事出有因,

因为这叫以牙还牙,报仇雪恨。
可他是我的朋友,是我的族人,
这罪过无由,其耻辱就永无穷尽。

"这是耻辱 —— 不过要昭以世人;
这事可恨——但爱中不该有恨;
她虽名花有主,但我会向她求爱,
大不了就是被她拒绝,被她教训;
理智别再规劝了,我决意已定。
谁要是信奉前人格言或道德箴铭,
他见到墙头寓意画[1]也会肃然起敬。"

在这场良知与欲望的争论之中,
他就这样无耻地让欲望占了上风,
摈弃了所有羞恶之心,仁义之念,
让邪念占据制高点,肆意称雄,
邪念顷刻间就完全颠倒了是非,
完全扼杀了纯洁应该起的作用,
甚至让恶行听起来也像善行阴功。

他说:"她刚才友善地握我的手,
望着我热切的双眼把消息探究,
唯恐有什么噩耗从战场上传来,
因为她心爱的科拉丁在那里战斗。
啊,担忧是怎样使她的双颊变红!

---

1 寓意画:西方家庭常用来替代挂毯的墙头装饰物,这种装饰画的质地是画布,因此比挂毯便宜,画面通常是道德寓言或《圣经》故事的场面。——译者附注

起初红得好像绣在白绸的玫瑰，
后来又白得像没绣玫瑰的白绸。

"当时她的手被紧紧攥在我手里，
她忠贞的惊恐使我的手也战栗！
担忧使她伤感，伤感加速她手抖，
直到听见丈夫平安无恙的消息，
她脸上才显出一种甜美的笑意，
那喀索斯若看见她迷人的笑脸，
就决不会顾影自怜，溺水而死。[1]

"那我为何要编造些饰言假话？
美人一开口，连雄辩家也哑巴；
俗民才会因有失检点而良心不安，
疑神疑鬼心中之爱就不会发芽；
爱情是我的统帅，我听从于它，
而只要它鲜艳的旌旗挥舞招展，
懦夫也敢参战，而不会心生惧怕。

"幼稚的担忧和争论哟，给我滚开！
尊严和理性哟，去服侍耆翁蓥汉！
我的心绝不会撤销眼睛发出的命令，
瞻前顾后和深思熟虑只适合圣贤，
我正青春年少，这些都与我无关。
指引我的是欲望，我探求的是红颜，

探这样的金潭玉窝谁还惧怕深陷？

像翠绿的禾苗被疯长的野草覆盖，
谨慎担忧几乎被强烈的欲望窒息。
于是塔奎又竖起耳朵偷偷前行，
满怀非分之想，但也满腹猜疑；
妄想和猜疑就像无耻之徒的随从，
二者相左的规劝使他拿不定主意，
他忽而想退兵，忽而又想出击。

他脑海中浮现出她仙女般的形象，
但科拉丁也不知趣地坐在她身旁。
看她的那只眼睛令他心旌飘荡，
看他的那只眼睛却使他心境安详，
这只眼不赞成那只眼看朱成碧，
便怀着纯洁的意愿请心灵帮忙，
可心已经堕落，站在淫荡的一方。

见身为统帅的心这样欣然表态，
其他感官也受到激励，亢奋起来，
像紧发条似的使性欲坚挺不衰；
而作为感官之首，膨胀勃然加快，
对部下的谬奖也让它们难以还债。
这罗马王子就这样被欲望引领，
疯狂地走向鲁克丽丝的内宅。

---

1 参见第 17 页注释 4。——译者附注

在他的欲望和女主人的内宅之间，
一把把守门的铜锁被他强行开启，
但铜锁离岗前都对他厉声呵斥，
呵斥声迫使这小偷更加小心翼翼：
开门的吱嘎声会引起主人警觉，
鼬鼠[1]见他时的尖叫会暴露其踪迹，
这些都令他心惊，但他仍不放弃。

随着一个个入口被迫为他让路，
风却挺身而出，设法把他拦阻，
从小小孔穴和窄窄缝隙飕飕吹出，
吹得烛光摇曳，烛烟迎面直扑，
直到吹灭为他引路的那支蜡烛。
但他那颗早被熊熊欲火烧焦的心
喷出一股热风，又让烛光恢复。

借着复燃的烛光，他四下一瞧，
发现了女主人一只插着针的手套，
他从铺在地面的草垫上将它拾起，
攥手套的手突然痛得像被火烧，
刺破他手指的针仿佛在把他警告：
"回去吧，连这手套也不愿受辱，
你该明白它主人的用品都洁身自好。"

但这些区区小事不可能把他阻拦，

他用他邪恶的心思来解释这些事件：
那些阻拦他脚步的门、风和手套，
都不过是对他的一些意外考验，
好比那似乎是停滞在钟面上的时针，
虽看上去磨磨蹭蹭，故意拖延时间，
但最终还得把拖欠的分秒都偿还。

"所以哟，"他暗想，"这些个波折
就像初春时偶尔会有的露凝霜落，
露霜只会让春天平添几分欣然，
微寒只会让小鸟更有理由唱歌。
有言道佳期难逢，好事历来多磨，
怕完巨岩、疾风、海盗、暗礁和沙洲，
满载珍宝的商船方能进港靠岸停泊。"

此时他已经溜到那间卧室的门边，
他和他心中的天堂只有一门之隔，
如今能阻拦他的只有那根门闩，
门闩后就是他想象中的销魂荡魄。
心中的邪念已让他这般走火入魔，
他竟开始求上天让他如愿以偿，
仿佛上天应该保佑他的这种罪过。

他向天上所有永恒的神灵祈祷：
求众神让他今宵良辰有多多幸运，
让他肮脏的欲望拥抱净洁的美人，

---

1 鼬鼠：为捕捉老鼠而家养的某些种类的鼬鼠。

可他即便在徒然的祈祷中也惊悟：
"这不是窃玉偷香，而肯定是奸淫！
我所求助的众神定憎恶这等恶行，
他们怎么会帮我去把娇花蹂躏？

"那就让爱神和幸运女神把我引领！
我的欲望需要决心来做坚强后盾，
因为心愿不付诸行动终归是梦幻。
恐惧的严霜终将被爱的火焰融尽，
滔天大罪一经赦免也清白无辜，
当呆呆白昼隐去，冥冥黑夜降临，
交欢后的羞耻会被遮得干干净净。"

想到此塔奎伸手拨开了那道门闩，
用膝盖悄悄顶开了紧闭的门扇。
这只鸱鸮要捕捉的鸽子正在沉睡。
罪行常发生在罪犯被发现之前，
谁发现有潜伏的毒蛇都会躲避，
可熟睡中的她做梦也没想到危险，
只能任凭那致命的毒牙随心所愿。

他心怀邪念悄悄溜进了她的闺房，
开始凝视那张尚未被玷污的卧床，
此时卧床被幔帐围得严严实实，
他绕床瞻顾，用他贪婪的目光。
他的心被这不忠的目光误导方向，

被误导的心立即对手发出指令：
撩开那道遮蔽浩浩明月的云障。

啊，正如灿灿灼灼的烈日骄阳
破云而出时常令我们睁不开眼睛，
当幔帐被撩开时他的眼睛也一样，
被更加灿烂的光辉耀得瞬间失明。
不管是她的明艳亮丽使他眼花，
还是他自己心中的羞愧令他目眩，
反正他紧闭双眼，久久都不再睁。

唉，要是那双眼就在那黑牢中死去，
它们也就看见了它们行恶的终止！
那样科拉丁还会在鲁克丽丝身边，
会继续在这张净洁的床上休息。
但它们定会睁开，来害这对伉俪，
圣洁的鲁克丽丝一遇见它们的目光，
就必定失去她拥有的生命和欢愉。

此时她红润的脸正枕着白皙的手，
手把属于枕头的合法亲吻遮挡，
所以生气的枕头似乎要分成两截，
用高高翘起的两端去亲她的面庞。
她的头埋在那高高翘起的两山之间，
她躺卧的姿势宛若一尊圣女雕像，
只是这圣女却被淫荡的目光瞻仰。

她另一只舒展的纤手探出床沿，
白如凝脂的手衬着绿色的床单，
像一朵绽放在草地上的四月雏菊，
手上的汗珠像花瓣上的露珠一般。
她的眼睛像万寿菊，已收敛光艳，[1]
此时在黑暗的笼罩下静静安眠，
待等第二天再绽开去装点白天。

她金丝般的秀发挑逗着她的呼吸，
真可谓放肆的端庄，端庄的放肆！
在这幅死亡画中可看见勃勃生机，
生的喜悦中又可见死亡的影子。
生和死在她的睡眠中都那么美丽，
好像是一对没有阋墙的孪生兄弟，
仿佛是死中有生，生中有死。

她的乳房像有蓝纹交错的象牙圆球，
像两座未被征服过的圆形堡垒，
除主人之外，它们对谁也不屈服，
它们曾发誓要把主人的荣誉捍卫。
这两座堡垒令塔奎越发大旱望水，
他像个觊觎王位的野心家迫不及待
要把宝座上的合法君王赶下王位。

有什么他能看见的他不瞩目凝睇？
有什么他所看见的他不觊觎不已？
面对眼前这令他疯狂的秀色美餐，
欲火中烧的他先给眼睛一顿饱食。
他心醉神迷地细细品赏她的玉体：
蓝幽幽的青脉，红殷殷的嘴唇，
脸若三月桃花，肤如无瑕白玉。

如同凶残的狮子欣赏它的猎物，
饥饿感已在征服中得到些许满足，
塔奎就这样望着那位沉睡的美人，
凝望使他沸腾的欲望稍稍平复，
但只是稍稍平复，而非彻底压服，
他刚刚才制止了这场叛乱的双目，
又煽动他的欲念去把王位颠覆。

欲念就像群心肠冷酷的游勇散兵，
只顾沿途打家劫舍，烧杀奸淫，
在血腥的屠杀和死亡中寻欢作乐，
哪管孩子的眼泪和母亲的呻吟，
骄纵得头脑膨胀，只盼进攻命令。
于是他的心猛击战鼓，下令进攻，
让欲念去做它一直想做的事情。

---

1 万寿菊随日落而合拢其花瓣。参见《冬天的故事》（The Winter's Tale）第四幕第四场第 121—122 行（河畔版为第 105—106 行）：The marigold, that goes to bed wi'th'sun / And with him rises weeping……（去陪太阳就寝、又流着泪陪他一道起身的万寿菊……）。另：万寿菊之西名 marigold 源自 Mary's Gold（玛丽之金），与圣母马利亚的传说有涉。——译者附注

心头的怦怦鼓声使眼睛感到振奋，
眼睛命令他的手挂先锋印出征，
手为获得如此尊贵的头衔而得意，
便得意忘形，趾高气扬地进军，
先占领胸脯，她全部疆土的中心，
手到之处那些蓝幽幽的青脉都撤退，
丢下两座洁白的圆塔，冷冷清清。

撤退的血脉在宁静的心房汇合，
那儿是它们女主人心灵之寓所，
它们报告说她正受到可怕的侵犯，
她猛然惊醒，只听它们七嘴八舌，
睁开紧闭的双眼，双眼惊惶失色，
想看一看到底发生了什么灾祸，
但却晕眩于面前明晃晃的烛火。

请想象一个女人在死沉沉的黑夜
突然被可怕的幻象从沉睡中惊醒，
她必然会以为自己看见了妖魔鬼怪，
狰狞的面目定会吓得她抖个不停——
那景象真恐怖！可她的境遇更糟，
猛然被惊醒，拼命想看个究竟，
却发现梦幻中的恐怖原来是实情。

被万千恐惧包裹，她全然不知所措，
像只刚受伤的小鸟只会瑟瑟哆嗦；

她不敢再睁开眼睛，但却仿佛看见
飞来窜去的魑魅魍魉，鬼怪妖魔，
这些幽灵原来是大脑凭空臆造，
因大脑怒于眼睛不履行自己的职责，
所以用更恐怖的景象把它们恐吓。

塔奎的手还停在鲁克丽丝胸上，
像攻城巨槌要撞破那道象牙城墙。
他的手感觉到她的心悲痛欲绝，
因那心跳之剧烈像是要自戕而亡，
撞城墙的手也随那心跳而颤抖，
这使他更加狂暴，更不惜玉怜香，
只想撞破城墙，进入那甜蜜之邦。

这时他的舌头开始扮演号角，
用号音向他的敌人发出谈判信号；
她从雪白的被褥下露出惨白的脸，
想把这场突然袭击的缘由知道，
他试图用无言的表情来说明原因，
可她仍一再追问，不停地哀求，
他如此为非作歹到底有何理道。

于是他回答："这理道就在你脸上！
它变白时会让百合感到自惭形秽，
红起来会让玫瑰觉得颜面无光，
它将为我辩护，讲述我爱的渴望；

我为此来攻你这座未被征服的堡垒，
这都是你的错，责任在你一方，
因为把你出卖给我的是你的目光。

"如果你想谴责，那么让我先说：
你的美貌已让你陷入今宵网罗，
今宵你必须忍受我对你发泄欲望，
与你交欢是我在人世间的极乐，
我也曾竭尽全力抑制这熊熊欲火，
但每当我的理性和自责将其扑灭，
你光彩照人的美貌又让它复活。

"我知道我的企图会有什么结局：
知道玫瑰有什么样的锐刺护花，
也知道蜜蜂有什么样的螫针守蜜，
这一切我在事前都已熟虑深思。
但欲望没耳朵，听不进任何忠告，
它只有眼睛，就爱看美颜风姿，
而一旦看上就不管什么责任或法律。

"我也曾思量，甚至在灵魂深处，
这将造成何等的罪恶、悲哀与耻辱？
但没什么能抑制贪欢求爱的激情，
也没什么能阻止纵欲狂心的脚步。
我知道纵欲后会有悔恨的眼泪，

会遭谴责和白眼，结下冤家对头，
但我却力求拥抱这样的臭名昭著。"

塔奎说完便扬起他那柄罗马利剑，
那利剑像一只恶鹰在空中盘旋，
罩在鹰翅阴影下的鸽子瑟瑟退缩，
弯钩鹰喙威胁说你一飞就会完蛋。
鲁克丽丝就这样躺在利剑之下，
颤抖着密切注意他的一行一言，
像鸽子听见猎鹰脚环[1] 预示的灾难。

他说："你我免不掉今宵这场云雨。
你要是拒绝，我就只能使用暴力，
那样我就会在这张床上把你杀死，
杀你之后我还要杀你家一名奴隶，
这样既要了你的命又毁了你的声誉，
因为我会把那名奴隶放在你怀中，
并发誓说我杀人是因看见你俩同居。

"这样你那位还活在世上的丈夫
将会遭千人白眼，被万人责咎，
你的族人在人前将会抬不起头，
你的子女将因私生混血而蒙羞，
而你，这些奇耻大辱的罪魁祸首，
你的风流事将被骚人墨客引用，

---

1 猎鹰脚环：指系于猎鹰脚上的环形风哨。

并被孩子们传唱，代代传诵不休。

"但你若依从，这事我不会张扬，
过错未经暴露就好比邪念没曝光，
为成就大事而犯下的区区小错，
连法律也视其为计谋而加以原谅。
有毒的药草有时候也用来攻毒，
只要配制得法，用量用法适当，
病人体内的毒素将被祛除一光。

"那么，请认真考虑我的求爱，
为了你丈夫和你的子孙后代，
别让他们蒙上无法洗刷的耻辱，
这污垢永远也不会被世人忘怀，
它比奴隶的烙印和胎记都更糟，
因奴隶的烙印和胎记是与生俱来，
是上天的错，不该把他们责怪。"

说到此他停住话头，亢奋激昂，
像蛇怪 [1] 一样射出令人致死的目光，
这时候纯洁而虔诚的鲁克丽丝

像一只白色母鹿落入怪兽的魔掌，
在无法无天的荒野向怪兽告怜，
可残暴的野兽不知何谓天道公理，
只知道服从他邪恶卑鄙的欲望。

但当一团预示要遮蔽大地的乌云
刚用蒙蒙迷雾掩匿高耸的山巅，
从大地深处便会生出一阵清风，
把漆黑的云雾从弥漫之处吹散，
从而把黑云压城的时刻向后推延，
她的哀诉就这样推延了他的恶行，
因奥菲斯一弹琴冥王也会闭眼。[2]

然而夜出的恶猫爱与猎物玩游戏，
落入它利爪的老鼠只能气喘吁吁。
她的哀告更激起他邪恶的欲望，
填不满的欲望如深渊，深不见底。
他的耳朵听见了她的声声哀诉，
他的心却不允许那声音进入心里；
虽雨能穿石，但泪只会增强情欲。

---

1 蛇怪（cockatrice）：西方传说中的一种怪蛇，相传由蛇孵化一枚公鸡蛋所生，其目光和气息
可使任何靠近它的生物丧命。——译者附注

2 奥菲斯（Orpheus，又译俄耳甫斯）：希腊神话中的诗人及歌手，其歌声和琴声能使树木垂枝，
顽石移步，野兽俯首。其妻欧里狄克（Eurydice）死后他追至冥国，冥后被其琴声感动，答
应他带妻子回人间。（但不许他在出冥界之前回头见妻看妻子，奥菲斯因见妻心切而违约，结果
再次失去妻子。）——译者附注

她那悲痛欲绝、乞哀告怜的眼睛
死死盯住塔奎脸上冷酷的皱纹。
她谦恭而雄辩的言词伴随着悲叹，
使她动情的哀告更加优雅动人。
但悲愤使她断断续续，言不成语，
往往话刚说到一半就泣不成声，
每每数次张口却一句话也没说成。

她求他看在主神朱庇特的面上，
求他顾及朋友的誓言和贵族身份，
求他可怜她的眼泪和她丈夫的爱，
求他尊重神圣的法律和相互诚信，
求他看在天地和天地诸神的面上，
速速回到他借宿的客房好好安寝，
求他服从荣誉，不要顺从淫性。

她求他"别无信无义，以怨报德，
别用这种恶行回报主人的好客；
别把供你饮用的清清泉水弄脏，
别把不能修补的皎皎器皿打破，
停止你罪恶的瞄准，趁还没发射，
不合时宜地拈弓搭箭射杀小鹿，
那不是猎手的荣耀，而是罪恶。

"我丈夫是你朋友，所以请放我。
你自己是王子，所以请离开我。
我只是个弱女子，所以别陷害我。

你不像个骗子，所以请别骗我。
我旋风般的哀叹努力要把你吹开，
只要有男人可怜女人的悲酸苦涩，
就请可怜我吧，为我这叹风泪河。

"愿这叹风泪河汇成汹涌的巨浪，
冲刷你想为非作歹的铁石心肠，
愿巨浪的不断冲刷使你的心变软，
岩石经不断冲刷也会变成泥浆。
啊，如果你的心并不比石头坚硬，
就溶于我的泪水吧，变得仁慈善良！
恻隐欲进入心扉，铁门也该开敞。

"看你像塔奎，我才把你款待，
难道你是扮他的模样要把他陷害？
我要向天上的众神控告你的恶行，
你败坏了塔奎王室的名誉和光彩。
你并非看上去的你，如果你是，
那你似乎并无神祇或君王的风采，
因神祇和君王都应该自制自爱。

"你年纪轻轻就这般任罪恶萌生，
成年后不知你会怎样远扬臭名？
身为王子你就敢这般恣意妄为，
加冕后你还有什么不敢做的事情？
啊，请你务必记住，务必记住，
既然臣民的恶行不能一笔勾销，

帝王犯下的罪孽也不能入土封尘。

"此行只能使臣民对你畏而生敬，
而臣民对明君永远是敬而生畏。
当罪犯证明你与他们是一丘之貉，
你也就只能容许他们胡作非为。
仅为避免这点，你也该痛改前非。
帝王是臣民的书本、学校和明镜，
臣民会依样阅读，学习，比对。

"你可想成为一所教淫欲的学校？
臣民都必须学习这可耻的课程？
你可想成为一面没廉耻的镜子，
照出行恶的理由，犯罪的凭证，
从而以你的名义赦免所有恶行？
你不以行恶为耻，反以之为荣，
让清白也沾上妓院老鸨的名声。

"你有权发令？那就凭授权与你的神，
从纯洁的心向你反叛的欲望发令：
别用你的剑去维护不公正行为，
授剑与你是要你去斩除罪恶行径。
若是别人都以你为榜样为非作歹，
说是你教会他们怎样违法犯罪，
那你如何能履行王子高贵的使命？

"若是你看见别人像你这样犯罪，

想想那犯罪场面该是多么污秽！
人总是很少看清自己身上的污点，
总爱偏袒或掩盖自己的不端行为。
须知此罪若是别人犯下就是死罪。
啊，对自己的罪孽视而不见的人，
将怎样恶名缠身，被其丑行所累！

"我举双手迎的是你，是你本身，
而不是把你诱入歧途的性欲。
我恳求你迎回被你放逐的尊严，
我恳求你让阿谀奉承的妄念退职，
尊严一旦复位，将把妄念抑制。
请从你痴迷的眼前拂开蒙蒙迷雾，
你会看清自己并同情我的遭遇。"

"住嘴，"他说，"你这番拒推
只能使我的欲潮高涨，而非消退。
微光易吹灭，但大火会继续燃烧，
风刮得越猛火焰越会高扬高飞；
小河小溪每天为大海注入淡水，
却只能使它的波涛更加浩浩汤汤，
而不能改变它滔滔海水的咸味。"

"你是大海，"她说，"是高贵的君王，
可你瞧，往你无边波涛中注入的是
卑鄙、耻辱、妄行和肮脏的欲望，
它们正试图污染你王家血脉的海洋。

若这些狡诈的邪恶改变了你的善性，
你这片大海将被埋葬于污泥浊浆，
而不是污泥浊浆在你的大海中消亡。

"恶性一旦称王，你将变成奴仆，
它的卑鄙变高贵，你的高贵变卑污，
你是它的天堂，而它是你的坟墓，
它享你的荣光，你背负它的耻辱。
天地间自来邪不压正，恶不胜德，
巍巍雪松从不向低矮的灌木低头，
只有灌木匍匐在雪松脚下干枯。

"所以请将你麾下那些卑鄙的奴仆……"
"够了，"他说，"我不再听你倾诉。
顺从我的爱吧，不然我的愤怒
将用致命的手段取代情人的轻抚。
完事后我还要故意把你当作淫妇，
放到某个下贱男仆肮脏的床上，
把他作为这不体面死亡中的奸夫。"

塔奎说完这话便伸脚踩灭了烛灯，
因光明和淫欲是不共戴天的敌人，
羞恶之心在漆黑之夜会化为乌有，
恶人在黑暗之中最敢实施暴行。
饿狼扑住了猎物，羊羔在哀鸣，
直到被自己雪白的羊毛所窒息，
声声哀鸣被封堵进她甜蜜的芳唇。

因为塔奎顺手用她穿的亚麻睡衣
活生生堵住了她的哀号和呼喊；
她贞洁的眼里流出贞洁的悲泪，
这悲泪冷却了塔奎那张滚烫的脸。
啊，那邪欲竟玷污如此纯洁的床单！
如果眼泪能洗净由此而生的污点，
她的眼泪将永生永世洒在上面。

但她已失去了比生命珍贵的东西，
而他所得到的将会再一次失去：
这种强迫交欢会招致未来的纷争，
这种片刻快乐会孕育长久的悲戚，
这种火热欲望会变成冷淡的鄙弃，
纯洁的贞操被窃贼掠去了宝藏，
淫欲这个窃贼却比窃掠前更拮据。

瞧，像喂足的猎犬不想再嗅猎味，
像餍饱的山鹰不愿再振翅疾飞，
扑食猎物本是它们的乐趣和天性，
如今却慢慢尾随，或停下不追。
宣淫纵欲的塔奎今宵也这般贪嘴，
靠窃玉偷香为生的淫欲狼吞虎咽，
淫时津津有香，欲毕却翻肠倒胃。

啊，纵令无限的想象力沉思冥想，
也不可能理解如此深重的罪孽！
喝得烂醉的淫欲必须要倒胃呕吐，

才可能看清他自己的丑陋卑劣。
当淫欲欲火中烧，大发其淫威，
很难将其狂热抑制，把欲火浇灭，
只有等它像任性老马精疲力竭。

然后淫欲便形容憔悴，面无血色，
两眼无神，双腿乏力，皱眉蹙额，
战战兢兢，可怜巴巴，唯唯诺诺，
像个无钱的乞丐哭诉他遭的灾祸。
肉体膨胀时，欲望与情理相搏，
因为欲望从肉体中感到无比快活，
快乐一逝这逆贼便求宽恕其罪恶。

这位行恶的罗马王子结果就这样，
他此前疯狂追求的这一夜狂欢
如今却把末日审判的钟声敲响，
宣告他将身败名裂，臭名远扬。
他清白的灵魂圣殿如今已被毁损，
绵绵不断的忧思涌到废墟之上，
叩问蒙污含垢的灵魂是否安康。

灵魂说它卑鄙的属下集体叛变，
已经捣毁了它那道神圣的墙垣，
叛贼的滔天大罪毁了它的名声，
把它变成奴隶，受叛贼看管，
现在它是生不如死，痛苦绵绵，
对此它早有预见，并试图控制，

但它的远见没能抑制叛贼的邪念。

塔奎就这样沉思着趁黑夜开溜，
一名失败的胜利者，得羊亡牛，
把损坏的战利品丢在困惑中痛苦，
却带走了难以治愈的心灵伤口，
即便伤口能愈合伤疤也会永留。
她承受的是淫欲的污渍留在身上，
他承受的是负罪感永远压在心头。

他像条做贼的狗灰溜溜悄悄离去，
她像只疲惫的羊躺在那儿喘息。
他皱着眉头悔恨自己犯下的罪孽，
她绝望地用指甲抓破自己的肉体。
他做贼心虚，慌不择路地潜逃，
她躺那儿诅咒今晚可怕的遭遇。
他一边跑一边责骂他一时的欢愉。

离开的他从此将会痛苦地忏悔，
留下的她则被抛进了绝望的深渊。
匆匆而逃的他想早点看见曙光，
绝望的她却祈求永远不再见白天：
"因为白天将把夜间的丑事暴露，
而我这双揉不进半点沙子的眼睛
又不会用狡诈眼神把丑事隐瞒。

"这双眼睛认为天下所有的明目

都能把它俩看见的耻辱看清楚，
所以它们愿永远都呆在黑暗之中，
让别人没看见的罪恶永不暴露。
因为眼睛落泪就会把隐情泄出，
泪水会像镪水在钢铁上留下蚀痕，
在我脸上刻下我感觉到的耻辱。"

此时她开始责备睡眠和憩息，
唯愿她那双眼睛从此永远紧闭。
她使劲捶胸把她的心儿唤醒，
要心儿离开这心房，另觅居室，
纯洁心灵应在纯洁的肉体安居。[1]
她就这样疯狂地发泄满腔悲愤，
诅咒那桩尚未暴露的夜的秘密。

"毁灭安适的夜哟，地狱的象征！
耻辱的登记员，污垢的公证处！
罪恶的温床，隐匿罪行的混沌！
悲剧上演和杀手行凶的黑幕！
瞎眼的老鸨，丑行的藏身之屋！
死亡的黑洞，嚼舌的阴谋家，
专与隐秘的叛贼和劫掠者为伍！

"啊，气雾迷蒙的可恨的夜哟！

你对我洗不掉的耻辱负有责任，
所以请积聚你的迷雾去阻挡黎明，
向昼夜交替的规律发动一场战争，
如果你允许太阳爬到通常的高度，
也请你设法在它西坠落山之前，
编织毒云去罩住它金色的头顶。

"而且还要趁太阳赶到正午之前，
用腐臭的湿气把清晨的空气驱散，
让乌烟瘴气散发出致命的气息，
使人厌恶那生命之精华的金盘，[2]
让你的湿气乌烟云瘴越集越厚，
直到把它的万丈光芒窒息，遮掩，
让它正午就坠落，让长夜绵绵。

"如果只是夜之子的塔奎是黑夜，
他会把银光四溢的月神也强奸，
并玷污她那些星光闪烁的侍女，[3]
她们就不会再透过夜幕向下窥看。
这样也许会有人与我同病相怜，
正如朝圣者聊天会缩短朝圣路程，
伤心人同病相怜会使悲伤减半。[4]

---

1 肉体乃心灵之寓所。——译者附注
2 金盘：指太阳。太阳哺育万物，故曰"生命之精华"。——译者附注
3 月神狄安娜（Diana）是贞洁的处女神，她的侍女也都是守身如玉的处女。——译者附注
4 英谚云："分享快乐，快乐加倍；分担悲痛，悲痛减半（Shared joy is a double joy; shared sorrow is half a sorrow）。"——译者附注

"可现在我身边没有人陪我含羞,
陪我一起搂胸蜷缩,黯然垂首,
陪我一起佯装镇静,把丑事遮掩,
我只能孤零零呆坐,独自悲愁,
任凭晶莹的咸泪花溅落在地上,
任泪水掺进自责,呻吟伴着幽忧,
悲泪悲叹会消失,悲痛却会永久。

"夜哟,你这座乌烟瘴气的熔炉,
别让猜疑的白天看见我这副面孔!
让它藏在你遮掩一切的黑幕之下,
默默地忍受折磨、羞耻和悲痛!
请继续占领你昏暗的领地和领空!
让所有在你的黑暗中发生的罪行
全都被埋进你阴暗的坟墓之中!

"别让我成为白天泄露的秘密!
别让阳光照耀我藏着秘密的眉宇!
别让它们透露贞节如何被玷污,
神圣的婚姻誓言是怎样被毁弃!
须知就连那些不识字的文盲,
虽读不懂书本上那些高深文词,
也能从我眉宇间看出我的过失。

"保姆将用我的故事来吓唬孩子,
用塔奎的名字来止住孩子的哭声。
演说家为了修饰他们的词章,
将把我和塔奎的耻辱相提并论。
欢宴上的歌手会弹唱这段丑闻,
引听众对每一句唱词都侧耳倾听,
听塔奎怎样害我,我怎样负科拉丁。

"为了我对科拉丁最深切的爱,
请让我贞洁的名声保持清白。
若我的贞节成了人们争论的话题,
另一棵树的枝丫也会受到伤害,
他就会蒙受他不该蒙受的耻辱,
而正如此前我对他的忠贞一样,
我的污点也与他没有丝毫干碍。

"啊,无形的羞哟,看不见的耻!
没感觉的痛哟,藏在头顶的疤[1]!
耻辱的痕迹已印在科拉丁脸上,
塔奎的眼睛从老远就能看见它——
那和平时的挂彩,非战时的挂花。
哎,多少人遭受这种飞灾横祸,
自己浑然不知,只有肇祸者明察。

1　指藏在帽子里的角,西方人戏称"戴绿帽子"为"头上生角"。参见《无事生非》(*Much Ado about Nothing*)第一幕第一场第133—134行(河畔版为第197—198行)及相关注释。——译者附注

"科拉丁哟，你的荣誉若在我身上，
那它已遭到凶悍盗贼的入室掠抢。
失去了蜂蜜，我就像一只雄蜂，
整个夏季的辛勤劳作竟是白忙[1]，
花蜜都被无情的盗贼一扫而光。
一只浪荡的黄蜂溜进了你的蜂房，
吮了贞洁的工蜂为你珍藏的蜜浆。

"啊，你名誉扫地都因我的过失，
可我款待他也是为了你的名誉，
他来自你身边，我不能拒他于门外，
因为对他那样怠慢也是失礼。
而且他口口声声说他人困马疲，
还满口德性仁义——真是亵渎啊，
德性仁义竟出自一个魔鬼嘴里！

"为什么蛀虫要侵入纯洁的花蕾？
为什么可恶的杜鹃[2]产卵在雀巢内？
为什么蟾蜍要用其毒液污染清泉？
为什么狂野淫欲会潜入娴雅心扉？
为什么帝王要违反自己颁布的法规？
天下事从不尽如人意，十全十美，

白璧有瑕，皎者易污，峣者易摧。

"把积攒的金银装进箱箧的老人
到头来往往受抽筋痛风的折磨，
还来不及把他的财富多看上几眼，
就已像坦塔罗斯那样又饥又渴[3]，
才智的收成如今成了无用的摆设。
除了因无法治愈的伤痛而痛苦，
他的财富没给他带来任何快乐。

"这样到不能享受时方金银满库，
所以只好把钱留给儿孙去享福，
正值绮年的儿孙随即就挥霍无度，
父辈奄奄一息，儿孙又血气方刚，
这亦福亦祸的钱财很难久留常驻。
甚至在世人以为幸福已来临的时候，
那久久追求的幸福也会变成痛苦。

"嫩枝幼芽会遭受狂风暴雨的袭击，
奇花异卉会遇到衰草莽苴来傍依，
莺雀啁啾之处会有毒蛇咝咝作声，
德性的产物有可能会被邪恶吞噬。

---

1 不会采蜜的雄蜂（drone）夏日里仍会每天出巢飞翔，伺机与处女蜂王交配。——译者附注
2 杜鹃因其寄生孵卵这一特性，在西方通常被视为恶鸟。——译者附注
3 据希腊神话传说，坦塔罗斯（Tantalus）乃宙斯（Zeus）之子，因触怒众神而被罚站在齐颔深的水中，头顶悬有果树，但当他口渴欲饮时，水即消退，当他腹饥欲食时，头上的果子即被风吹开，所以他永远受着饥渴之苦。——译者附注

美好之物世人都不能夸口说拥有，
易沾邪附恶的天时也常光顾美好，
或将其毁灭，或改变其美好品质。

"哦，机遇哟，你真是罪大恶极！
正是你让叛贼的叛逆得以实行。
是你把恶狼引进羊羔栖身的羊圈。
无论谁策划犯罪，你都安排日程。
是你在践踏天道公理、纲纪法令，
罪孽在你黑暗的洞中隐迹藏身，
伺机侵袭从它跟前路过的生灵。

"你使贞洁的修女也违背其誓言，
节制稍有松懈你就来煽风点火，
你谋害忠贞不渝，扼杀刚正不阿，
你这邪恶的教唆犯，可耻的皮条客！
你爱散播谣言，用诽谤偷换赞歌，
你这个无耻的叛徒、强盗、小偷，
你的蜜浆会变胆汁，幸福变灾祸！

"你隐秘的快乐会变成公开耻辱，
你私下的盛宴会变成公众持斋，
你悦耳的声望会变成难听的恶名，
你裹糖的舌头会尝到涩口的苦艾，
你的狂热虚幻不可能长存永在。

可恶的机遇哟，既然你这般有害，
为何那么多人还对你企足而待？

"你何时才肯与卑贱的乞求者为友，
把他们带到能实现其愿望的路口？
你何时才肯让激烈的纷争消停片刻？
让戴着镣铐的可怜生灵获得自由？
让病者有医药，让痛者能忍受？
贫者弱者盲者跛者都在向你求救，
可机遇对他们既不可遇也不可求。

"病人死去时医生却在呼呼安眠，
孤儿挨饿时压迫者却在大张盛宴，
寡妇流泪时法官却在纵酒狂欢，
瘟疫流行时当局却在娱乐消遣。[1]
你从来都不给善行义举半点时间，
因每时每刻你都像个恭顺的奴仆
侍候着狂暴嫉妒凶杀强奸和叛变。

"当真诚和德性前来与你交往，
对它们的求助你却设下千道屏障。
真诚和德性花钱也难买你相助，
罪恶空手而来，你却满心欢畅，
对它言听计从，乐于白白帮忙。
塔奎来访时科拉丁本也可以回家，
可是你却偏偏把他留在了远方。

---

1 莎翁当时也是在借古讽今。1590 年至 1593 年，伦敦瘟疫流行，剧院全部关闭，无戏可演的莎翁住到其保护人南安普敦伯爵府上，《维纳斯与阿多尼》和《鲁克丽丝受辱记》均创作于这段时间。——译者附注

"你犯了谋杀之罪和偷窃之罪，
你犯了伪证之罪和唆使之罪，
你犯了叛逆罪、伪造罪和欺骗罪，
还犯了最令人深恶痛绝的乱伦罪，
因为对所有已犯之罪和将犯之罪，
从创世之初到世界末日所犯的罪，
你都乐于当帮凶，故你难逃其罪。

"丑陋的时间哟，你这丑夜的同伙，
你这迅疾、狡诈、专报凶信的使者，
金迷纸醉的奴仆，吞噬青春的饕餮，
悲的更夫，罪的脚夫，德行的网罗，
你照料一切，而你又谋害一切。
听我说吧，害人骗人的时间哟：
既然你害我犯罪，你也难辞罪责！

"为什么你那位名叫机遇的仆人
竟然出卖你给予我睡眠的时辰？
为什么要取消你给我安排的好运，
把我锁进绵绵无期漫漫无涯的悲境？
时间的职责是消弭仇敌间的仇恨，
消除偏见恶念引发的过失罪行，
而不是消灭神圣而合法的婚姻。

"时间的荣耀是平息帝王的争战，
把谎言谬论揭穿，让真理彰显，
给旧物古董盖上时间的印章，
唤醒黎明，为夜晚放哨值班，
惩罚行恶者，直到其洗心革面，
用你的悠悠岁月使大楼坍塌，
用尘埃使金碧辉煌的高塔黯淡，

"让巍巍纪念碑布满虫洞蛀孔，
用万物的腐烂衰朽去喂养遗忘，
涂污古籍史册，更改其内容，
把长命乌鸦[1]翅膀上的羽毛拔光，
耗干老树的汁液，育新苗成长，
毁坏钢铁锻铸的古老的器物，
把命运飞轮[2]转得让人晕头转向，

"让老妇人看见自己女儿的女儿，
让童稚变丁壮，丁壮又变老耆，
杀死以残杀为生的凶猛的老虎，
驯服生性狂野的独角兽和狮子，
捉弄那些自欺欺人的奸诈小人，
用年复一年的丰收让耕作者欢喜，
用小小水珠慢慢磨损巉岩巨石。

1 西方人认为乌鸦长寿。《不列颠百科全书》(*Encyclopaedia Britannica*)"乌鸦 (raven)"条称："根据记载，一只笼养乌鸦活了69年。"——译者附注
2 在西方艺术作品中，命运女神福耳图娜 (Fortuna)常站在象征祸福无常的转轮 (或圆球)之上。——译者附注

"你既然不可能回头把过错避开，
为何还要一路上不断为非作歹？
若一百年中能有区区一分钟重来，
你就会赢得千千万万朋友的喜爱，
就会让做决定的人学会畏祸避灾；
若这可怕的夜晚能倒退一个时辰，
我就能躲开你这场风暴的祸害！

"你这个时刻服侍着永恒的奴仆，
请你用飞灾横祸阻拦塔奎的逃路，
请设计出超越极端的极端手段
叫他把这该诅咒的可怕之夜咒诅，
用恐怖的阴影惊吓他淫荡的双目，
让他一想到他的罪行就胆战心惊，
每一株草木都像无形的精灵怪物。

"请用忧惧折磨得他夜不成寐，
让他在床上辗转反侧，呻吟懊悔，
让可怕的灾难都降临到他的头上，
让他哀号悲叹但不怜悯他的伤悲。
让他碰上比石头还硬的铁石心肠，
让温柔的女人遇见他也竖眼横眉，
变得比凶残的母老虎更悍戾恣睢。

"让他有时间去撕扯他的头发，
让他有时间去对自己破口大骂，

让他有时间因时乖命蹇感到绝望，
让他有时间去生活在贱奴之家，
让他有时间去讨乞丐吃剩的残渣，
并有时间发现靠施舍度日的贫民
也不屑于把残羹剩饭施舍给他。

"让他有时间看见朋友变成敌人，
看见快乐的白痴聚拢来把他调侃，
让他有时间感觉到在悲伤之时
时间是多么难挨，真是度日如年，
而在欢愉之时又怎样飞逝如箭。
还要永远让他无法洗刷的罪行
有时间为他虚度的年华而悲叹。

"时间哟，是非善恶都由你教训，
请教我诅咒那个你教他行恶的人！
让他被自己的影子吓得精神错乱，
每时每刻都想结束自己的生命！
那脏血应该由他那双脏手去放尽，
因为谁会愿意干这么卑鄙的事——
去处决这么一个卑鄙的恶棍？

"既然出身王家，他就更加卑鄙，
竟用这种秽行令他的未来蒙耻。
居位越高者，其行为越招人眼目，
不管给他招来的是仇恨还是荣誉，
因最大的丑闻总陪伴最高的位置。

月亮一被云遮掩就会被人发现，
但星星却能随心所欲地隐藏自己。

"乌鸦可在泥潭濯其乌黑的翅膀，
带着污秽飞走却不会招人目光，
但若是雪白的天鹅也想出自污泥，
雪白羽毛上的污点则众目昭彰。
臣民是夜晚冥冥，帝王是白昼煌煌，
蠓虫飞到哪里都很少惹人注意，
但每一只眼睛都会盯着雄鹰翱翔。

"滚吧，难断是非的无用的废话！
你这种仲裁者只配侍候浅薄的傻瓜！
去口才学校参加你的演讲比赛，
去找那些无聊而迟钝的辩护专家，
一起为胆小的委托人斡旋劝架。
我不会把对簿公堂当成救命稻草，
因为对我这案子法律也没有办法。

"我徒费口舌抱怨机缘和时间，
我白费力气责骂塔奎和凄凄夜晚，
我枉费心机地挑剔我自己的丑行，
我无济于事地撇开我注定的悲冤，
因为这些废话都不能给我公道，
能替我伸冤雪耻的真正妙方
是让我这腔被污染的鲜血迸溅。

"可怜的手哟，为何听这话就发抖？
你的荣耀就在于要替我雪耻除垢，
我若死去，我的名誉将活在你掌中，
我若活着，你将和我一道蒙耻含羞。
既然你未能保护你忠贞的女主人，
又害怕去找那位邪恶的敌人报仇，
那就请和女主人一道殉节在这床头。"

说完这话她从凌乱的床上坐起，
开始寻找一件能致人于死的武器，
可这温馨的卧室里没有任何物件
能为她再开个孔窍发泄一腔怨气，
她满腔怨愤再次涌到双唇之间，
像埃特纳火山的烟雾向空中腾起，
或是像大炮发射后冒出的烟气。

"我活着已无意义，只能徒然探寻，
想用某种方式来结束这不幸的生命。
我刚才害怕死在塔奎的利剑之下，
可现在却为寻死而寻找一柄利刃；
不过我害怕的时候是个忠贞的妻子，
现在依然是——哦，不，这不可能！
可恶的塔奎已夺走了我忠贞的名声。

"啊，既然我已失去生活的欲望，
那么我现在也无须再惧怕死亡。
用死亡洗涤污点，这样我至少

可为耻辱的衣服佩上名誉的证章；
让活着的耻辱随生命一道消失，
珠玉被窃，补牢也救不回亡羊，
那就烧掉这存放珠玉的无辜宝箱！

"好吧，好吧，我亲爱的科拉丁，
你不会体验到已经被亵渎的婚姻，
我不会用已毁弃的誓言把你欺骗，
决不会那样辜负你的一片真情。
这杂交的孽种绝不会出世成长，
那个玷污了你家族血缘的恶棍
不可能夸口说你是他儿子的父亲。

"他也休想在心里暗暗把你嘲笑，
休想和同伴一起对你热讽冷嘲；
不过你应该知道，你珍藏的宝物
不是被出卖，而是从大门被盗。
至于我自己，我会做命运的主人，
对自己的罪过，我绝不会宽饶，
直到死亡把这强加之罪一笔勾销。

"我不会让我的污点使你蒙羞，

也不会为自己的过失找什么借口。
我不会涂饰盾面代表罪孽的黑底，[1]
不会隐瞒这不义之夜真实的丑陋。
我的舌头会把一切都和盘托出，
为洗刷我的不白之冤，我的眼睛
会开闸让眼泪像清澈的山泉涌流。"

悲伤的菲洛墨拉此时强压悲忧，
止住了她夜莺般如泣如诉的歌喉，[2]
肃穆而悲哀的黑夜缓缓步入冥界，
看哟，这时候披着红霞的白昼
把光亮借给双双欲借光亮的明眸。
但伤心的鲁克丽丝羞于见光亮，
而情愿让自己继续被黑夜拘囚。

暴露秘密的白昼透过缝隙偷窥，
仿佛要探明她是坐在哪儿哭泣，
鲁克丽丝抽噎着说："哦，太阳，
为何在窗口探头探脑，东窥西觑？
用你撩人的光芒去撩拨惺忪睡眼，
别用灼热的光芒灼伤我的眉宇，

1 参见本诗第 48 页，以及第 45 页注释 2 中的相关内容。——译者附注
2 据希腊神话传说，雅典公主菲洛墨拉（Philomel，又译"菲罗墨尔"或"菲罗墨拉"）在去探
望姐姐普洛克涅（Procne）的途中被姐夫忒柔斯（Tereus，色雷斯国王）强奸。为掩饰其罪行，
忒柔斯割掉了菲洛墨拉的舌头并将其囚禁。菲洛墨拉把自己的遭遇织进一幅挂毯，设法将挂
毯送到了普洛克涅手中。普洛克涅得知丈夫的罪行后，杀子伊堤斯（Itys）并烹之，让丈夫
食其肉。忒柔斯知情后欲杀姐妹俩，宙斯将姐妹俩分别变成了燕子和夜莺。——译者附注

因为夜晚造的孽与白天没有关系。"

她就这样对什么都吹毛求疵，
大恸大悲者易怒就像任性的稚童，
一旦任起性来看什么都不顺眼；
新悲不似旧痛，旧痛会隐悲忍痛，
因岁月早已教会它要饮恨吞声，
可新悲却像不善水者坠入深水，
虽拼命挣扎也难免会溺于水中。

她就这样在一片苦海中浮沉，
与她所见的每一景物都发生争论，
把天下所有悲痛都与自己的相比，
眼前景物无一不令她越发伤心，
一阵悲痛刚消，另一阵又涌起，
她忽而暗自悲伤，默不作声，
忽而又情绪激动，说个不停。

清晨时小鸟开始把歌喉调试，
欢快的啁啾更使她悲伤不已，
因为欢乐总会把悲伤探究，
伤心人在欢乐人群中生不如死；
须知悲哀最乐于同悲哀做伴，
忧伤也更甘愿与忧伤为伍，
同病相怜者都乐于聚在一起。

望见海岸才被淹死不啻死上两回，
守着食物挨饿更觉得饥饿十倍，
看见药膏不能敷更感到伤口疼痛，
伤心人听到暖心话心中最伤悲；
深深的悲哀汹涌翻滚像滔滔洪水，
洪水若遭遇阻拦会冲毁堤坝，
悲哀若遭遇嘲弄也会逾矩违规。

"你们这群嘲鸫哟，"鲁克丽丝说，
"把歌声吞回你们羽毛下的胸窝。
请别在我耳边发出任何声音，
我纷乱的心此时不爱听声韵谐和；
悲伤的女主人受不了客人欢愉，
把你们悦耳的音符送进开心的耳朵，
流泪的伤心人喜欢听悲歌哀乐。

"声声哀鸣的夜莺哟，菲洛墨拉，[1]
请在我这头乱发中筑你的窝吧！
当潮润的大地为你的遭遇而哭泣，
我也会伴着声声哭泣把泪抛洒，
用低沉的叹息为你的啼泣帮腔；
当你高声控诉忒柔斯暴虐无耻，
我会用低音哼出塔奎的卑鄙奸诈。

"你为了夜半也清醒地啼诉悲苦，

1 参见本诗第 68 页注释 2。——译者附注

不惜让胸膛时时迎着尖棘锐桔，
我会学你让胸膛时时对着尖刀，
让那柄尖刀时时令我惊心怵目；
眼一打盹刀就会叫心一命呜呼。
这荆棘尖刀就好比提琴上的指板，
会使我们的心弦奏出真实的凄楚。

"可怜的夜莺哟，你白天不歌唱，
因你羞于见到任何窥觑的目光，
那就让我们去觅一个荒僻之处，
那里没有酷暑，也没有严寒冰霜；
去那儿为飞禽走兽唱悲伤的歌，
既然这世间的男人都变成了禽兽，
那就让禽兽都变得有慈善心肠。"

惶惶然呆立，像头受惊的小鹿，
为选一条逃生之路而迟疑踌躇，
或像位旅行者迷途于曲径弯道，
反复兜圈也难以找到一条出路；
鲁克丽丝也就这样犹豫不决，
不知该忍辱偷生还是以血洗污，
活下去则蒙羞，自戕也会遭责辱。

"自杀！"她失声道，"那算什么？
玷污我身体之外再玷污我的灵魂？
比起国土在战乱中尽悉沦丧者

剩有半壁江山者会有更多的韧性。
若两个可爱的孩子中有一个夭亡，
母亲便把另外一个也一并杀死，
这样的尝试无论如何也太残忍。

"当我的肉体和灵魂都还纯洁无瑕，
二者中哪一个对我来说更为珍贵？
当二者都还只留给上天和科拉丁，
谁的爱更应该与我形影相随？
唉！若高洁的青松被剥掉树皮，
其液汁会干枯，针叶会凋零，
我的灵魂被剥去了躯壳也会枯萎。

"这寓所已被洗劫，安宁已失去，
富丽堂皇的宅所已被敌人偷袭；
其神圣的庙堂被毁，蒙污含垢，
被弄得声名狼藉，为人所不齿；
所以要是我在这残垣上凿个小孔，
把我不安的灵魂送出这躯壳，
请千万别认为这是亵渎神明之举。

"但我要等到我的科拉丁回来
亲耳听到我兰摧玉折的缘由，
要让科拉丁在我绝命之时发誓，
发誓向那个摧兰折玉者报仇。
我要把我被玷污的血留给塔奎，

我要在遗嘱中记下这笔血债，
被他玷污的鲜血会因他而流。

"我要把我的名誉留给这刀刃，
用它来刺穿这失去名誉的肉身。
剥夺不名誉的生命乃名誉之举，
这生命被剥夺，其名誉会永存；
我的名誉将在耻辱的灰烬中涅槃，
因为我自戕也会消除我的耻辱，
耻辱一消除，我的名誉将重生。

"夫君哟，你那份珍宝我已经失去，
这遗产中还有什么可遗留给你？
我的决心和我的爱将是你的骄傲，
你应该以我为范去报仇雪耻。
该如何处置塔奎，请体察我的决定：
我自杀就是你的朋友杀死你的敌人，
为我报仇你得把虚伪的塔奎杀死。

"我在此对我的遗嘱作简要说明：
给苍天大地我留下我的肉体和灵魂，
夫君哟，我留给你的是我的坚贞，
我的名誉留给这柄刀，我将用它自尽，
我的耻辱将留给玷污我名声的仇敌，
而我将在这世上流传的全部名声
则留给那些不会以我为耻的后人。

"科拉丁哟，你将执行这份遗嘱，
让你做这事皆因我昨晚太糊涂！
但我的鲜血会洗净我身上的污秽，
我这一死将把我生命的污点消除。
心儿哟，别怕，勇敢地说'就这样'，
顺从我的手吧，手将把您征服，
你俩将双双作为胜利者一并作古。"

她强忍悲痛拟定了自杀的计划，
拭干了遮掩明眸的珍珠般的泪花，
用沙哑的嗓音呼唤她的侍女，
双脚像插上了翅膀，忠心可嘉，
恭顺的侍女应声来到主人的卧榻；
见可怜的女主人脸上泪痕隐约，
像冬日阳光下的草地积雪刚融化。

侍女毕恭毕敬地向女主人问候，
神态端庄娴静，语调缓慢轻柔，
她神情语调中也透出些许忧郁，
因她见主人眼神哀痛，满脸悲忧；
可是她不敢贸然向女主人询问：
为何愁云惨雾笼罩她的灿灿明眸，
为何她美丽的脸上曾悲泪长流。

但就像太阳落山，大地雨露弥漫，
承露淋雨的朵朵花儿像只只泪眼，

见女主人脸上的那对恒星黯然陨落，
在咸浪汹涌的大海里把光芒收敛，
侍女不禁心生怜意，满怀同情，
她圆圆的双眼也止不住泪流潸潸，
哭得就像降雨洒露的冥冥夜晚。

一时间这两个美人儿呆呆伫立，
像一对往珊瑚池喷水的牙雕玉女；
一位泪如泉涌自有其洒泪的原因，
另一位却只是为了陪同伴哭泣；
女人伤心溅泪每每都心甘情愿，
以为同伴伤心，自己就悲从中来，
结果便惨怛于心，泫然流涕。

男人心如燧石，女儿心若蜡泥，
因此她们也希望能显得坚如磐石；
纤弱的女性强压出男性的印记，
或是因受骗上当，或因迫不得已；
所以别以为女人就是红颜祸水，
当她们真被压成魔鬼的形象，
那也不过是被认为邪恶的蜡泥。

女人毫无遮蔽，像空旷的平原，
平原上小小的爬虫都毫发可鉴。
男人则像座枝蔓丛生的树林，
种种邪恶都藏匿在幽幽林间。

女人的脸就像其过失登记簿，
每点瑕疵都透过那水晶墙显现，
可男人却能绷着脸把罪行遮掩。

谁也不应该责备残花落红，
而应该谴责那掠红摧花的严冬。
当罚的应是施暴者，而非受害者，
哎，当可怜的女人被男人妄用，
千万别以为这是她们不贞不忠。
请谴责那些骄狂的公子王孙，
是他们带给弱女子耻辱和悲痛。

鲁克丽丝受辱就是这样的事例：
她深夜遭袭，面临死亡的威胁，
还面临死后接踵而至的耻辱，
丈夫同样会蒙冤，被恶人攻讦，
她以死相拼也不能消除这危险，
恐惧会令她四肢瘫痪，头脑昏厥，
而谁不能对一具艳尸奸污猥亵？

这时美丽的鲁克丽丝忍不住开口，
问她可怜的侍女为何满脸悲忧：
"姑娘哟，是什么使你伤心，
是什么使你的脸颊上悲泪长流？
你要是为我承受的悲痛而哭泣，
须知这只是贼去关门，于事无补，

若流泪有用，我自己会流个够。

"可是哟，好姑娘，"她一声长吁；
"塔奎是什么时候离开这宅第？"
"在我起床之前，夫人，"侍女回答，
"都怪我偷懒贪睡，粗心大意。
不过我犯下的过失也情有可原：
因为我没等天光放亮就已起床，
但塔奎在我起床之前就已离去。

"可是，夫人，请恕小女冒昧，
敢问我是否可知你悲伤的原委？"
"啊，别别问！"鲁克丽丝回答，
"我告诉你也不能减轻我的伤悲，
再说那番遭遇我也很难说清，
那种痛苦折磨可以说是下地狱，
我所遭受的磨难非语言能描绘。

"你快去，去取来纸笔墨伺候，
喔，别去了，我这屋里就有。
我想说什么？哦，你去叫人准备，
叫我丈夫的一名男仆在外等候，
等着给我亲爱的丈夫送一急信。
叫他准备好要一路策马奔走，
此事十万火急，信立刻就写就。"

侍女遵命离去，她欲提笔修书，

开始不知从何下笔，颇费踌躇。
万千思绪和悲情都涌向笔端，
理智命她写下的随即被感情删除。
这太矫揉造作，这又过于露骨；
千言万语像人群把大门拥堵，
争先恐后要通过她的笔抢着上路。

最后她写道："我尊贵的夫君，
你无才无德的妻子谨致问讯，
倘若你还想看见你的鲁克丽丝，
祝你安康之余妻有个不情之请：
请你即刻上路，速速返家门。
我在家里伤心欲绝地等你回来，
这寥寥数语难表我的悲哀之心。"

她往信中折叠进满腹的悲伤，
悲伤的缘由在信中却依稀迷茫。
科拉丁从字里行间可知她的悲苦，
但却不知其悲苦后面的真相，
因为她不敢把一切都和盘托出，
唯恐在她用鲜血洗刷耻辱之前，
他会误以为是她自己红杏出墙。

再说她把满腔悲痛积压在心底，
是要等科拉丁回家后当面倾诉；
因为伴随着声声悲叹、串串泪水，

她更容易说清她是如何被玷污，
更容易把世人对她的猜疑消除。
为避这种猜疑，她书未尽言，
只等最后用行动把心里话说出。

眼观悲剧比耳闻更令人伤感，
因为等眼睛把悲惨的一幕看完
再对耳朵把悲情细细讲述，
眼睛和耳朵早已把痛苦分担，
我们耳闻的悲痛就只剩一半；
深深的海峡比浅滩更为沉默，
悲哀一经言辞倾诉便会消减。

她用蜡将信封讫并写好抬头：
"急送阿尔代亚呈科拉丁亲收。"
她把信交给一旁恭候的男仆，
命神情沉重的信差赶紧上路，
像北风紧逼的落伍雁兼程疾走。
可即便他逐日追风她也会嫌慢，
人陷绝境时的偏激无需理由。

忠厚的男仆向女主人俯首鞠躬，
两眼盯着她，满脸涨得通红，
局促不安地接过了那封书信，
一声没吭就转身登程去把信送。
但胸藏隐情者往往都会心虚，
鲁克丽丝也以为那是责备的目光，

以为他因看出了她的羞惭而脸红。

可上天知晓，这位忠厚的仆役
只是少点胆量，不懂得厚颜无耻。
这等善良之辈只知用行动说话，
不像有些无耻之徒善于言辞，
当面满口答应，背后却敷衍了事。
这位旧时代的楷模就如此这般，
其保证并非言辞，而是满脸诚实。

他的忠厚本分引起她重重疑心，
主仆二人脸上都腾起两片红云；
她以为他脸红是知道了昨夜之事，
于是红着脸看他，目不转睛。
她热切的目光使得他更加迷惑，
而她越看他他就越发面红耳赤，
他越脸红她越认为他看出了隐情。

她觉得那尽职的信差刚刚离开，
要等很久很久才能够回来。
眼下哭泣悲叹呻吟都无济于事，
呻吟烦了呻吟，悲哀厌了悲哀，
这令人厌烦的时间实在难挨；
于是她稍稍止住心头的哀怨，
寻思另辟蹊径抒一腔愁怀。

最后她想到一幅精美的绘画，
画面上是普里阿摩斯 [1] 的特洛亚 [2]，
特洛亚城前是围城的希腊大军，
因海伦被诱拐来把特洛亚讨伐， [3]
要把高耸入云的城头踩在脚下；
那城头被画师画得巍峨壮丽，
像是苍天正俯身亲吻崇楼高塔。

画上有成百上千可悲可叹的人物，
艺术巧夺天工，使之呼之欲出。
许多干笔 [4] 点缀似泪珠纷纷落下，
像妻子在哭她们战死沙场的丈夫。
画师的神笔使鲜血散发出腥味，
使黯淡微光从垂死者眼中闪出，
犹如漫漫长夜即将燃尽的火烛。

你可以看见掘壕排障的尖兵，
一个个汗流浃背，满身土尘；
透过特洛亚城头的一个个箭孔，
你可见向外窥视的一双双眼睛
充满敌意地注视着城外的敌人；
这画真是笔法精湛，神乎其技，
连远方眼睛流露的悲怅都能看清。

你可从那些显赫的将领脸上
看见威风凛凛，得意洋洋，
从小伙子身上看见雄健敏捷，
而画师也没忘记在队伍中添上
一些面如土色的懦夫步履踉跄，
这些胆小鬼被画得惟妙惟肖，
你能感觉到他们抖得左偏右晃。

1 普里阿摩斯（Priamus）：小亚细亚古国特洛亚（Troy，又译特洛伊）末代国王，是赫克托耳
（Hector）、帕里斯（Paris）和特洛伊罗斯（Troilus）的父亲，在特洛亚城陷于希腊联军时被
杀。——译者附注
2 特洛亚古城位于小亚细亚西北部达达尼尔海峡（土耳其语名"恰纳卡莱海峡"）南岸斯卡芒
德河（Scamander，今称芒德里斯河 [Karamenderes]）河边。——译者附注
3 海伦（Helen）：斯巴达王后，被特洛亚王子帕里斯诱拐，遂引起为期 10 年的特洛亚战争。
特洛亚战争的故事被记载于荷马（Homer）的《伊利亚特》（*Iliad*，又译《伊利昂纪》）和
《奥德赛》（*Odyssey*，又译《奥德修纪》）、维吉尔（Virgil）的《埃涅阿斯纪》（*Aeneid*），以
及众多绘画和雕塑中。莎士比亚也以这场战争为背景创作了戏剧《特洛伊罗斯与克瑞西达》
（*Troilus and Cressida*）。——译者附注
4 干笔：绘画笔法，又称"干皴法"、"干笔法"，画笔只蘸少许颜料，在画面上留下柔和的飞
白效果。——译者附注

哦，你看埃阿斯和尤利西斯，[1]
从他俩脸上更显出画师的技艺。
各自的相貌揭示了各自的性格，
两种神情表露了不同的心思：
埃阿斯眼中翻滚着严厉和愤怒，
而尤利西斯目光柔和的眼里
却闪出雍容自持和深谋远虑。

再看站立的涅斯托耳正在讲演，[2]
仿佛在激励希腊人奋勇作战，
他挥舞的双手是那么从容，
吸引了全军的注意力和视线。
他银色的胡须仿佛在上下摆动，
演讲时似乎有气息逸出唇间，
丝丝气息盘旋飘浮，袅袅上天。

他周围的听众一个个大张着嘴，
像要一口吞下他的谆谆教诲，
众人都仔细聆听，但神态各异，
仿佛美人鱼的歌声使他们沉醉；

高矮胖瘦都被画得栩栩欲活，
人群后排的人头几乎隐入人堆，
令观画者想踮起脚尖鸟瞰俯瞵。

这边有人把手搭在别人头上，
别人的耳朵把他的鼻子遮挡；
那边有人面红耳赤地挤在后面，
还有位被挤者似乎肝火正旺；
看他们那种情绪激动的模样，
若非怕听漏了涅斯托耳的良言，
他们恐怕会怒目相争，拔剑相向。

画师的想象力展现得淋漓高超，
虚实简繁都安排得自然精妙，
如画阿喀琉斯[3]却不见其尊容，
只见其披甲的手紧握的长矛，
除非用心灵的眼睛去近观远眺；
只需见一手一足，一耳一目，
想象便可见微知著，窥其全貌。

1 埃阿斯（Ajax，此处指大埃阿斯）和尤利西斯（Ulysses，即俄底修斯，或奥德修斯）均为
   特洛亚战争中的希腊英雄，前者膂力过人，性格火暴，后者则以足智多谋、英勇善战而著
   称。——译者附注
2 涅斯托耳（Nestor）：皮罗斯国王，希腊联军中最年长的将领，以富于睿智、善于辞令而著
   称。——译者附注
3 阿喀琉斯（Achilles）：希腊联军中最显赫的英雄，他用其长矛杀死了特洛亚人的主将赫克托耳，
   后来被帕里斯的暗箭射中脚踵（他身上唯一致命处）而亡。——译者附注

当特洛亚人的希望赫克托耳
勇敢地冲出围城与希腊人对阵，[1]
特洛亚人的母亲纷纷登上城头，
欣喜地观看其儿郎迎击敌人，
她们反常的欣喜来自她们的希望，
所以那欣喜中又透出恐惧忧愤，
犹如锃亮的刀剑上有斑斑锈痕。

鲜血从两军鏖战的达尔丹海滩[2]
直流到芦苇丛生的西摩伊河畔，[3]
西摩伊河水也想模仿这场战斗，
它涌起的波浪就像进攻的兵团，
气势汹汹地扑向遭毁损的河边，
然后向后退，直到遇到援军，

再合力把泡沫射向西摩伊河岸。

鲁克丽丝向那幅精美的画靠拢，
想找一幅刻画了所有悲哀的面容，
此前她发现许多面孔都充满悲伤，
但都没包含人世间所有的悲痛，
直到她看见悲痛欲绝的赫卡柏[4]
正盯着丈夫普里阿摩斯一动不动，
丈夫躺在皮洛斯脚下血流如涌。[5]

岁无情，美易逝，人生多难，
画师都细细刻在她眉宇之间。
她双颊早已布满深深皱纹，
昔日美貌风韵已成过眼云烟。

1　赫克托耳在这场战斗中杀死了阿喀琉斯的挚友帕特洛克罗斯（Patroclus），导致因与主帅阿伽门农（Agamemnon）不和而退出战争的阿喀琉斯重返战场。——译者附注
2　达尔丹（Dardan）:指小亚细亚的达尔丹尼亚（Dardania）地区，即特洛亚古城周边地区。——译者附注
3　西摩伊河（Simois）：斯卡芒德河一支流。参见本诗第 75 页注释 2。——译者附注
4　赫卡柏（Hecuba）：普里阿摩斯之妻，生有众多子女，她在特洛亚战争中不仅失去了丈夫和绝大多数子女，而且自己最后也被俘成了尤利西斯的奴隶。她的不幸曾引起很多西方诗人的同情，故诗中说她悲哀的面容"包含人世间所有的悲痛"。莎士比亚对赫卡柏丧夫后痛苦的描写亦见于《哈姆莱特》（Hamlet）第二幕第二场第 446—459 行（河畔版为第 504—517 行）。——译者附注
5　皮洛斯（Pyrrhus）：阿喀琉斯之子，他身披亡父的甲胄血洗特洛亚城，在宙斯祭坛下当着赫卡柏的面杀死了试图为儿子波利忒斯（Polites）报仇的普里阿摩斯。莎士比亚对皮洛斯杀普里阿摩斯的描写亦见于《哈姆莱特》第二幕第二场第 410—439 行（河畔版为第 478—497 行）。——译者附注

她蓝色的血浆 [1] 早已变成黑色 [2]，
萎缩的血管缺乏血液浇灌，
预示困于躯壳的生命已近终点。

鲁克丽丝凝视着这悲惨的场景，
使自己的悲痛与这妇人的相称，
赫卡柏的一切都与她的相同，
但缺少哭声和对仇敌的骂声。
画师非神，不能画她的舌头，
所以鲁克丽丝认为画师不公允，
画她这般悲痛却没画她的声音。

于是她说："可怜的无声琴哟，
我要用我的舌头奏出你的悲苦，
为普里阿摩斯的伤口敷上药膏，
责骂凶残的皮洛斯伤害你丈夫，
用我的泪浇灭特洛亚久燃的大火，
而对你的仇敌，所有希腊人，
我要用我的刀剜掉他们的眼珠。

"至于招致了这场灾祸的淫女 [3]，
我要用指甲撕碎她的美丽面目。
愚蠢的帕里斯哟，你的淫欲
使特洛亚全城遭受烈火的愤怒；
是你的眼睛点燃了这熊熊烈火，
看这特洛亚，就因你有眼无珠，
死去了多少兄弟姐妹、严父慈母。

"为何一人偷香窃玉、寻欢作乐
竟会使那么多无辜者遭受折磨？
既然是一人为非作歹，作奸犯科，
就该让他独受惩罚，自吞苦果。
别让无辜的灵魂因负罪而悲伤！
因为一个人私下里犯下的罪
为何要株连全城，让众生罹祸？

"普里阿摩斯崩殂，赫卡柏哭号，
赫克托耳和特洛伊罗斯 [4] 双双栽倒，
浸血的壕沟里朋友们尸陈纵横，

1　蓝色的血浆（blue blood）：指王族或贵族血统，源自西班牙语 sangre azul，因拥有西哥特人血
　统的西班牙王室和贵族宣称其血统没有被肤色较深的摩尔人混染，所以透过其白皙的皮肤，浅
　静脉中的血液看起来似乎是蓝色的。——译者附注
2　旧时西方生理学认为，过度忧郁会导致胆汁功能失调，从而使血液变黑。
3　淫女：指海伦，参见本诗第 75 页注释 3。——译者附注
4　特洛伊罗斯：普里阿摩斯和赫卡柏的幼子，死于阿喀琉斯矛下。——译者附注

兄弟阋墙，自相残杀，同室操刀，[1]
一个人的欲望让千百万人丧生。
若普里阿摩斯能抑制儿子的欲望，
特洛亚该享荣耀而不该被火烧。"

鲁克丽丝对画哀叹特洛亚的悲痛，
因为悲哀就像钟楼悬吊的巨钟，
一旦鸣响就会凭自身重量摆动，
钟舌轻轻一碰便碰出幽咽钟声。
鲁克丽丝就这样对着画中人物，
借画中人神态，假画中人声音，
幽幽咽咽地倾诉自己心中的哀恸。

她的目光缓缓扫视那幅绘画，
一看到谁可怜她就为谁伤心。
最后她看见一个被缚的可怜汉
骗取了一群牧羊人对他的同情。
他满脸忧虑中又透出默然顺从，
随那群牧羊人走向特洛亚城，
看上去他的耐性战胜了悲愤。

画师对此人之用笔尤为巧妙，

用无辜的面孔掩盖了他的奸狡，
步履卑谦，神情安然，两眼含泪，
舒展着眉头似乎乐于受煎熬，
脸色不是太红，也不是太白，
双颊泛红时不像是胸中有鬼，
面有土色时也看不出心惊肉跳。

他就像一条毋庸置疑的恶棍，
表面上却显得那么善良真诚，
连最有疑心的人也不会怀疑
他那副胸襟里包裹有叵测之心，
谁也想不到诡计和虚伪的誓言
会让黑云暴雨闯入朗朗晴空，
或让这样一个圣徒担魔鬼罪名。

那高明画师画的这副温顺面孔
便是发尽假誓、巧舌如簧的西农[2]，
其花言巧语令普里阿摩斯丧命，
又像烈火烧掉了特洛亚的光荣；
特洛亚之毁连上天也感到心痛，
群星见映其星容的宝镜被打破，
也纷纷迸离其星位，各自西东。

1 在延续 10 年的战争期间，希腊人和特洛亚人虽在战场上以仇敌身份厮杀，休战时却往往以
朋友身份交往；两军将领中有的还有血缘关系，如赫克托耳和大埃阿斯就是亲表兄弟。参见
《特洛伊罗斯与克瑞西达》第四幕第五场第 134—135 行（河畔版为第 120—121 行）。——译
者附注

2 西农（Sinon）：希腊大军佯装撤退后俄底修斯留下来实施木马计的希腊英雄。他依计诈降，
骗特洛亚人将埋伏有希腊精兵的木马拖进了城中。——译者附注

她若有所思地对画慢品细揣，
开始把画师高超的画技责怪，
认为西农的形象有点儿不对劲，
这么正派的人不可能心怀鬼胎。
她对那坦然的面孔越仔细端详，
越觉得真诚的迹象显现出来，
于是她断定这形象画得太失败。

"这不可能，"她想说"此等奸妄
不可能潜藏于这么真诚的面庞"，
可这时她脑际闪过塔奎的影子，
"不能潜藏"变成了"能够潜藏"。
于是她改了"这不可能"的下文，
接着说，"奸妄不能潜于真诚，
除非善良面孔有一副邪恶心肠。

"当一身戎装的塔奎前来造访，
就和这画中狡猾的西农一模一样，
也这般忧郁疲惫，这般和善温良，
仿佛辛劳把他的精力全都耗光；
表面那么真诚，却把祸心包藏，
恰如普里阿摩斯把西农款待，
我款待塔奎，使我的特洛亚灭亡。

"看哟，当西农任其鳄鱼泪倾泻，
特洛亚国王是怎样含泪哽咽！
普里阿摩斯老王你为何老不开窍？

他流眼泪可是要特洛亚人流血！
他眼中是在冒火，不是在流泪，
因那些触你恻隐之心的滴滴泪珠
是团团火球要把你的城池焚灭。

"这种恶棍从地狱偷来魔鬼技艺：
炽热的熊熊烈火在寒冷中寓居，
西农这般在其火中冷得发抖，
互不相容的水火这般融为一体，
只为了骗得受骗者鲁莽行事；
西农能设法用水烧毁特洛亚城，
是因为他用泪骗了普里阿摩斯。"

此时她胸中不禁腾起熊熊怒火，
怒火使她失去自制，更怒不可遏，
于是她用指甲戳破了画上的西农，
把他比作那位卑鄙的不速之客——
那个使得她憎恶自己的恶魔；
随后她说"真傻！他被戳也不知痛"，
于是苦笑着缩回手指恢复了沉默。

她的悲伤像潮水不停地潮起潮落，
时间就这样在她的哀怨中消磨。
她刚盼来了黎明，又渴望夜晚，
可不管是白天黑夜她都觉得难过。
人到伤心时总觉得度日如年，
悲哀也会疲竭，但却不会入睡，

不眠之人方知时间是老牛破车。

但她陪那些画中人消磨的时间
早已不知不觉地从她心头溜过；
当她细细揣度那些人经历的痛苦，
自己的悲痛也在无意间减弱；
把自己的悲哀融进画中人物，
想到别人也遭受过同样的折磨，
虽不能治愈伤痛，但能使其缓和。

此时那位尽职的信差回家复命，
带回了主人科拉丁和一干贵人；
科拉丁发现鲁克丽丝身披丧服，
而且围绕着她泪水未干的眼睛
像彩虹的内弧拖曳着两圈蓝影。
这样的虹挂在她阴云密布的脸上，
预示着新的暴风骤雨又在临近。

当神情忧虑的科拉丁见此情状，
不禁诧异地细看妻子的脸庞，
只见她还噙着泪花的眼睛红肿，
脸上的灿烂已变成极度悲伤。
他一时间不敢问她何以如此。
夫妻俩恍若老朋友在异乡邂逅，
都站着发呆，彼此揣度着对方。

最后他握住她没有血色的手，

关切地问："你为何浑身发抖？
有什么不幸之事发生在你身上？
褪尽你脸上红颜的是什么烦忧？
你为何身披丧服，满脸悲愁？
亲爱的，亲爱的，揭开这愁云，
说出你的忧伤，让我们替你解忧。"

在她哭诉强压在心的悲痛之前，
难以说出的哀伤使她声声悲叹，
最后她终于准备好回应她丈夫，
含辱忍羞让丈夫和亲友了然，
她的名誉已经成了敌人的囚犯；
科拉丁和众亲友怀着沉重心情，
仔细地聆听她那番悲诉哀叹。

现在这只在其水巢的苍白天鹅
开始为她必然的死亡唱出挽歌：
"这样的过失很难用语言说清，
任何借口都不能为此罪行开脱，
我心中的悲苦多于我的言辞，
若用这疲惫的舌头把一切述说，
只恐我悲伤的故事会太长太多。

"那我就长话短说，繁事简述：
我的主人哟，我亲爱的丈夫，
一个陌生人半夜闯到这张床上，
霸占了本属于你的枕席被褥；

接下来发生的罪孽不难想象，
他凭着威胁和暴力把我奸污，
天哪，你的鲁克丽丝无力抗阻。

"因为在那个死沉沉的可怕夜晚，
那个陌生人悄悄溜进我的房间，
他一手举烛灯，一手持利剑，
轻声唤道：'醒来吧，罗马名媛，
来接受我的爱，满足我的情，
如果你敢抗拒我对你爱的欲望，
我会让你蒙耻，让你的族人含冤。

"他说：'今宵你若不依我意，
我就杀死你家一名丑陋的奴隶，
然后我会让你殒命在这张床上，
并发誓说我是因为看见你俩同居
才拔出利剑将奸夫淫妇杀死，
此举将为我赢得锄奸的美名，
而你付出的代价是声名狼藉。'

"惊于这番话我开始哭着求他，
可他却把我的胸膛置于利剑之下，
说除非我忍气吞声，逆来顺受，
不然就休想再活命，休想再说话，
那样史册中将记载下我的耻辱，
这耻辱将永远流传在伟大的罗马：
鲁克丽丝与男仆通奸而被诛杀。

"敌人那么强壮，而我这般单薄，
面对那强烈的恐惧我更加软弱，
当时由不得申诉人替公正辩护，
血腥的法官偏心眼不容我分说，
那红袍法官自己当证人发誓作证，
说我可怜的美貌把他的眼睛抢夺，
而当法官被抢，犯人必遭冤祸。

"啊，请教我如何为自己开脱！
或至少让我有这样的台阶可下：
虽然我的肉体被这罪行玷污，
可我心依然纯洁，依然忠贞无他，
它不曾被强暴，也不曾想过
要顺从强人欲望，水性杨花，
在这被污的躯壳里它依然无瑕。"

这时且看那遭窃的绝望店主，
他垂着脑袋，喉头被悲哀梗阻，
双臂交叉胸前，悲哀在眼中凝固，
悲哀从刚刚变白的嘴唇间呼出；
他似乎想止住悲哀，开口说话，
但可怜他竭尽全力也于事无补，
他发出的声音都被悲哀堵住。

像咆哮的激流加速穿过桥洞，
观水的目光会觉得它快如飞鸟，
但桥下漩涡会抑制它奔淌的速度，

使其又旋回使它加速的狭窄水道，
过桥前得反复回旋，汹涌咆哮；
科拉丁的叹息悲愤就这样拉锯，
叹出一口悲苦，又吸入一口苦恼。

鲁克丽丝注意到丈夫无言的悲苦，
便把他从不适时的狂怒中唤醒：
"亲爱的，你的悲苦令我悲上加悲，
雨水难消洪水，只会使其更汹涌。
你的悲苦令我的悲痛愈发剧烈，
那干脆让我的悲痛剧烈得足以
淹没这双泪眼，淹没我的悲痛。

"但为我之故，若我曾令你喜欢，
为曾经的鲁克丽丝，请听我言：
那个人是你我和他自己的敌人，
你要为我向他报复，刻不容缓，
就当你是在保护我免受那人凌辱，
虽这保护来迟，但定要叫他完蛋，
因对敌人的仁慈就是姑息养奸。

"但在我说出他之前，各位大人，"
她转向随科拉丁一道来的亲友，
"你们要以你们的名誉向我发誓，

一定要从速设法替我雪恨报仇；
用复仇的刀剑去追求公平正义，
因这是建立功勋，有正当理由，
骑士就应该为可怜的妇女出头。"[1]

闻此请求，出于高贵的天性，
在场众人纷纷发誓表明决心，
替她报仇是武士应尽的责任，
都急于听她说出那仇敌的姓名。
但她说出那名字之前还有话说，
于是她话锋一转，询问众人：
"强加于我的污点该如何洗清？

"既然我是在暴力下被迫犯罪，
那我此罪的罪名该如何判定？
我纯洁的心可否抵消这肮脏的罪过？
从而恢复我被人贬低的名声？
有没有任何说法能替我开脱？
被弄浑的泉水都能够自己澄清，
我为何不能洗清强加于我的罪名？"

众人对此异口同声地做出回答，
说她灵魂之纯洁可洗清肉体污瑕；
她凄然一笑，随之背过脸去——

---

1 莎士比亚在此处似乎把中世纪的骑士精神搬到了古罗马。中世纪的骑士精神是：1）把女子作为爱和美在人世间的化身加以崇拜和保护；2）扶助其他弱者和得不到保护的人；3）无条件服从荣誉的原则；4）无私地为邻里服务；5）尊重个人的人格。——译者附注

那张脸犹如一幅饱经风霜的绘画，
苦难掺和着泪水已深刻在脸颊。
"不，不行，"她说，"今后的贵妇，
谁也不会以我这辩辞要求免罚。"

随着一声似要炸开她胸膛的长叹，
她说出了塔奎的名字，"是他，是他，"
但除了这个"他"字挂在她舌尖，
她可怜的舌头一时间不能说话；
经过好一阵哽咽、嗫嚅和挣扎，
她终于说出，"是他，就是他，
是他支配我这只手把我自己诛杀。"

言毕她向无辜的心插入致命的刀，
她的灵魂即从尖刀入鞘处出窍。
这一刀使灵魂摆脱了惶惶不安，
使其逃离了那座已被污染的囚牢。
悔恨叹息送一缕香魂直上云霄，
永恒的生命穿过她的伤口飞离，
把尘世的荣耀与耻辱一笔勾销。

眼睁睁看着鲁克丽丝举刀自尽，
科拉丁与众人都惊得呆若木鸡，

直到看见鲜血，鲁克丽丝的父亲
才猛然一头扑向女儿的尸体，
布鲁图 [1] 从血泉中拔出那柄尖刀，
她的鲜血似乎也想报仇雪耻，
刀一拔出就追着尖刀喷涌不息。

从她胸前刀口汩汩涌出的鲜血
随之像缓缓流动的河分为两道，
两条河渐渐延伸把她的尸体环绕，
尸体像刚刚遭受过洗劫的小岛
在那可怕的洪水中，景象萧条。
她一部分血浆依然鲜红而纯净，
一部分发黑，那是因塔奎强暴。

发黑的血液凝固成悲伤的脸型，
周围渗出一圈水珠清澄晶莹，
水珠好像是为污点哭泣的泪珠；
从此为了对鲁克丽丝表示同情，
凝固的污血都会渗出澄液晶晶， [2]
而未被玷污的血液会依然鲜红，
像是为被玷污的血感到难为情。

1　参见本诗篇首"情节概要"及相关注释。——译者附注
2　以上 5 行描述的应该是血液凝固后血清分离的现象。血液从人体流出后会自然凝固成冻胶状
　　血块，稍后血块逐渐收缩并渗出不能再凝固的浅黄色清澄液体，即血清。——译者附注

"女儿哟，女儿！"卢克莱修[1]哭道，
"你剥夺的生命本是我的珍宝。
既然父亲的翻版刻在孩子身上，
你这一死我的影子上哪儿去找？
我赋予你的生命不该这样结束，
如果孩子们都让白发人送黑发人，
那父母与儿女的辈分就会颠倒。

"可怜的破镜，从你皎洁的镜面
我曾常看到我返老还童的容颜；
可皎洁的镜面如今已黯淡无光，
只会照出一张岁月磨蚀的老脸；
啊，你从你脸上抹去了我的影子，
打碎了我这面明镜所有的美艳，
我再也看不到我有过的韶华绮年。

"若应该活下去的人反而早逝，
时间哟，你也终止吧，别再延长！
既然死神把青春少壮者征服，
又岂该让年迈老弱者苟活世上？
老蜂该死去，为幼蜂让出蜂房，
所以醒来吧，我可爱的鲁克丽丝，
醒来看父亲死，别让父亲看你早亡！"

此时科拉丁仿佛才从梦中惊醒，

求卢克莱修让开，让他来哭爱人；
他扑进鲁克丽丝身边冷却的血河，
要用那血红把他脸上的苍白洗净，
一时间他似乎像是要为她而殉情，
但男人的耻辱之心叫他活下去，
活下去为他爱妻之死报仇雪恨。

他灵魂深处极度的悲哀苦涩
使得他有口难言，张口结舌；
舌头怒于悲哀竟限制它的功能，
竟久久不让它说话使痛苦缓和，
于是挣扎着说话，可声音微弱，
微弱的声音难以倾诉心中悱恻，
因为谁也听不清他在说些什么。

可有时"塔奎"二字发音清晰，
他咬牙切齿像要撕碎这名字。
这阵狂风在化为汹怒暴雨之前，
抑制着他的悲潮，令其更恣肆。
最后狂风终于减弱，暴雨骤至，
于是女婿和岳父开始了恸哭比赛，
看谁哭得伤心，为爱女或为爱妻。

两个男人都声称拥有鲁克丽丝，
但谁也不能独享他所声称的权利。

1　卢克莱修（Lucretius）：鲁克丽丝的父亲。

父亲说"她是我的",丈夫则说：
"她只属于我，她只是我的，
请不要剥夺我为她哀伤的专利，
请垂泪者都不要说是为她而垂泪，
因为只能由科拉丁来为她哭泣。"

卢克莱修说："是我赋予她生命，
可她把这生命结束得太早太急。"[1]
科拉丁悲呼："天哪，她是我妻，
她结束的宝贵生命是属于我的。"
"我的女儿""我的妻"声声交错，
声称拥有她生命的喊声震动空气，
空气回应道"我的女儿""我的妻"。

从鲁克丽丝胸间拔出刀的布鲁图，
眼见二人只顾表达其悲伤痛苦，
便把愚拙的伪装埋进死者的创口，
开始恢复他睿智而庄重的面目。
长久以来他在罗马人的心目中

不过是逗国王开心的弄臣玩物，
只会插科打诨，看上去稀里糊涂。[2]

可现在他揭开掩饰他才智的伪装，
那伪装曾把他的深谋远虑深藏；
这时他用他已久藏不露的智慧
去止住科拉丁眼中的泪水流淌。
"起来吧！"他说，"蒙冤的罗马人，
让我这个公认的不知深浅的傻瓜
来为你这有经验的智者把课上上。

"科拉丁哟，谁见过以愁消愁？
又有谁见过以伤治伤，以忧解忧？
你美丽的妻子被那条恶棍残害，
你自己捅自己一刀就算是报仇？
这种孩子气的行为乃弱者所为，
你可怜的妻子就不应该自杀，
因为她该杀的是她的冤家对头。

1　此行原文中的"too early and too late"易被误解成"太早而又太迟"，其实莎翁作品中用 late 代
　lately 的情况屡见不鲜，而 too lately（＝too recently）在此语境中应作"太快"解，如《亨利六
　世》（下）第二幕第五场第 92—93 行："O boy! Thy father gave thee life too soon, / And hath bereft
　thee of thy life too late!（唉，孩子，你父亲生你太早，而失去你又太快！）"——译者附注

2　据李维（Livy）《罗马史》（The History of Rome）记载，相传布鲁图曾陪两位表兄弟（罗马第
　七代王塔奎尼乌斯之子）前往德尔斐神殿求阿波罗神谕，神谕说："你们中最先亲吻母亲者将
　统治罗马。"两个王子抽签决定该谁先去吻母后。布鲁图参透神谕（"母亲"指大地），在回
　罗马的途中故意跌倒，抢先亲吻了大地。为掩饰其将统治罗马的雄心，此后佯装呆痴愚拙骗
　取信任，避免了杀身之祸。在拉丁语中，Brutus（布鲁图）有"愚笨"之义。——译者附注

"罗马的勇士，别让你的雄心
在这种悲哀软弱的泪水中消泯；
担当起你的责任，与我一道跪下，
用祈祷把我们罗马的诸神唤醒，
既然罗马因这些恶人而被玷污，
那就祈求诸神允许我们用刀枪
将这些污秽从罗马街头清除干净。

"凭着我们崇拜的卡皮托尔山，[1]
凭着这滩被恶棍玷污的血迹，
凭着哺育大地万物的杲杲太阳，
凭着我们罗马人神圣的权利，
凭着鲁克丽丝蒙冤含屈的灵魂，
凭着这柄还沾满她鲜血的利刀，
为这贞女烈妇报仇，我们宣誓。"

言毕他把一只手摁在自己胸前，
并亲吻那柄利刀，以此结束誓言；
然后他要求众人与他一道盟誓，
而惊于他所为的众人都心甘情愿。
于是众人都俯身屈膝跪在地上，
由布鲁图领着一道对天发誓，
把他刚才那番誓言又重复了一遍。

他们发誓要为鲁克丽丝昭雪申冤，
要兑现这个经深思熟虑的誓言，
决定将她染血的尸体送罗马巡游，
以此昭示塔奎犯下的深重罪愆。
这项计划终被雷厉风行地实施，
罗马民众群情激愤，一致赞成
把塔奎家族驱逐，直至永远永远。

---

1 卡皮托尔山（Capitol）：位于罗马城中的一座小山，山上建有朱庇特神殿。

女王颂[1]

曹明伦 译

像钟面嘀嗒嘀嗒的指针
指示其已经指示过的时辰，
然后又从头开始记分报时，
循环渐进，永无尽止；[2]
我们祈愿尊贵的女王陛下
永远像钟面指针分秒不差，
引周而复始的四季变更，
当残冬离去便送来新春；
愿这些年龄尚幼的稚童，

虽现在还不能把舌头运用，
今后能常在此把忏悔节过，[3]
像我这样给女王鞠躬献歌；
愿在座诸位大人的少爷，
当有朝一日加官进爵，
能显得像她那样老成端庄，
她曾是你们父辈的女王。
我再一次祈愿这一宿心，
天嘉此愿用一声"阿门"。

1　此诗乃近年新发现的莎翁作品，由英国莎学专家、沃里克大学教授乔纳森·贝特于 2007 年首次编入皇家版《莎士比亚全集》。《女王颂》原稿写于一个信封背面，据贝特教授考证，莎士比亚剧团曾于 1599 年 2 月 20 日（那天是忏悔星期二，即基督教四旬斋首日之前的那天）在王宫上演新剧《皆大欢喜》(As You Like It)，此诗便是莎士比亚为该次演出临时草就的"收场白"。——译者附注

2　参见《皆大欢喜》第二幕第七场第 20—27 行那段对时钟不停、人世沧桑的感慨。——译者附注

3　英国人过忏悔节不像欧洲大陆各国那样狂欢，但通常会举行体育比赛、戏剧演出等活动。——译者附注

让声音最亮的鸟儿歌唱[1]

曹明伦 译

让声音最亮的鸟儿歌唱，
在阿拉伯那棵独树树梢，
以它悲伤的歌声为号角，
招唤来所有贞洁的翅膀。

可是你哟，尖声的鸱鸮，
你可别来参加这个葬礼，
你是那魔鬼邪恶的信使，
你是死亡将降临的前兆。[2]

所有凶残的食肉猛禽，
但百鸟之王雄鹰除外，
都禁止靠近葬礼祭台，
因葬礼必须庄严肃静。

就让能预知死亡的天鹅，

来担当身披白袍的祭司，
以免这仪式有失其礼仪，
因天鹅最懂得死亡之歌。[3]

而你，你这长寿的乌鸦，
你们只需吸取彼此呼吸
就能繁衍黑羽毛的后裔，[4]
这场葬礼也请你来参加。

现在让我们开始唱赞歌：
爱情与忠贞已双双涅槃；
凤凰和斑鸠飞离了尘寰，
从一团熊熊燃烧的烈火。

它们的相爱水乳交融，
两个灵魂已合为一体，

---

1 这首歌咏忠贞爱情的哲理诗最初发表时没有标题，19 世纪以来曾以《凤凰和斑鸠》（‘The Phoenix and Turtle’）为题刊行。本书编者按处理无题诗的惯例，用第一行作为标题。——译者附注
2 西方人认为鸱鸮是不祥之鸟，其叫声是死亡的预告。
3 传说天鹅能预知自己的死亡并为之哀鸣，即所谓"天鹅之绝唱"。——译者附注
4 传说乌鸦是用喙交媾，故属于上文所说的"贞洁的翅膀"。——译者附注

分明是二，但却是一，
数字已被消灭在爱中。

两颗心远隔，却未分离，
在斑鸠和它的女王之间 [1]
看上去有距离却不疏远；
若非于它俩这真是奇迹。

爱情在它俩之间闪烁，
以致斑鸠从凤凰眼里
看见真真切切的自己：
我就是你，你就是我。

属性就这样令人称奇，
自身原来竟不是自身：
单一属性的两个名称
既不叫二，也不叫一。

见分而不离，离而不散，
连理性本身也感到困惑；
它俩自己竟然难分你我，

简单也就这样变得纷繁。

理性惊呼"这明明是双，
看上去怎么是和谐的单！
若天下单一都如此这般，
理性非向爱把理性出让。

于是理性唱出这曲哀歌，
这哀歌献给凤凰和斑鸠，
那对同命运的爱侣情侣，
作为那悲哀场面的应和。

哀 歌

美与真，稀世珍品，
全在于其简朴纯真，
今朝在此化为灰烬。

凤巢如今不复存在，
斑鸠那腔忠贞的爱
将归属于永恒未来。

1 有学者据此行认为诗中的凤凰和斑鸠暗喻"童贞女王"伊丽莎白一世和她的情人埃塞克斯伯爵（Earl of Essex）。——译者附注它俩没有留下子孙，　　　　　　因真和美已被埋葬。
这并非因疴恙不孕，
而是婚后依然童身。

　　　　　　　　　　　　　　　若心尚有真美留驻，
从此言真即是说谎，　　　　　　请来祭扫这座坟墓，
谬赞之美也是虚妄，　　　　　　为这两只亡鸟祈福。

凤凰（Phoenix）：神话中虚构的一种鸟，传说此鸟仅此一只，死后从其焚的灰烬中重生。在莎士比亚时代，凤凰有时用来比喻伊丽莎白（一世）女王，但也可能用来暗喻诗歌艺术的再生力量。（译者按：西方神话中的 Phoenix 不同于中国神话中的凤凰，相传 Phoenix 是埃及神话中的一种不死鸟，这种鸟在沙漠中生活 500 年后其身自焚，然后又从其焚灰中再生。）

莎士比亚商籁体十四行诗集[1]

辜正坤 译

谨致

本集商籁体诗之

唯一促成者

W. H. 先生，[2]

祝他洪福齐天，

恰如我们不朽之诗人

笔下所讴，

芳名永在。

心存善念

而冒昧

付梓

者

T. T.[3]

1. 商籁体：sonnet 的音译兼意译，指一种特殊诗体，每首为十四行，押韵的格式是 ababcdcdefefgg，属于多元韵式，十四行诗，韵脚就换了四次，与中国传统的一韵到底不同。印欧语系的诗歌多半采用诸如此类的格式，主要原因是印欧语系语言的押韵词数量远远不如汉语这么多，采用一元韵式难度较大。此外，还因为印欧语系语言不像汉语这样有四个声调，它们只有轻重音调，采用一元韵式容易产生单调的顺口溜效果。因此，为了充分利用汉语本身的音韵艺术潜力，我大多采用传统中国诗歌的一元韵式，同时个别地方也酌量使用换韵手段，尤其是最后两行（例如第 3 首、第 4 首），意在于音韵艺术方面寻求中西合璧的效果。——译者附注

2. W. H. 先生：很可能是指为下述十四行诗提供灵感的一位先生，莎学界常有人认为他就是十四行诗集中第 1 首至第 126 首中涉及的年轻人——此人极有可能是南安普敦伯爵（Henry Wriothesley, Earl of Southampton, 莎士比亚的长诗《维纳斯与阿多尼》和《鲁克丽丝受辱记》就是献给他的），或者是彭布罗克伯爵（William Herbert, Earl of Pembroke, 第一对开本的《莎士比亚全集》就是献给这位伯爵的）。然而，"先生"这种称谓显然意味着此公并非贵族，因此，W. H. 这种缩写字母很可能是 W. S. 的印刷错误，而这几行题词也有可能是出版商给作者的献词。

3. T. T.：Thomas Thorpe（托马斯·索普）的缩写，他就是本十四行诗集的出版商。

1

我们总愿美的物种繁衍昌盛，
好让美的玫瑰永远也不凋零。
纵然时序难逆，物壮则必老，
自有年轻的子孙来一脉相承。
而你，却只与自己明眸定婚，
焚身为火而烧出眼中的光明。[1]
你与自我为敌作践可爱自身，
如在丰饶之乡造成满地饥民。
你是当今世界最鲜美的装饰，
你是锦绣春光里报春的先行。
你用自己花苞埋葬自己花精，[2]
如吝啬者将血本慷慨地赔尽。

可怜这人世吧，你这贪婪之君，
宁死不留遗嗣在，萧条葬孤坟。[3]

2

多少个寒冬将会围攻你额头，[4]
在你那美的田地上掘下深沟。[5]
你如今令人钦羡之青春华服
将价落千丈，寒伧而又鄙陋。
如有人问起你当年美色何在，
或何处追录你昔日浪荡风流，[6]
你说它们都在你深陷的眼里。
这是以贪为荣，奢靡而不羞。
但如果你说"我有美丽孩童
续我韶华梦，免我老迈隐忧"，
孩童之美即你自身美的明证，
你这样用美，方堪讴颂千秋。[7]

如此，你虽衰老，美却会重生，
你虽精衰血凉，也会借体重温。[8]

1 伊丽莎白时代的人认为，眼睛同太阳一样，可放射出光焰。莎诗中有多处提到眼睛时均寓此义（如第33首第2行）。——译者附注
2 花苞：暗喻青春、贞操，亦可暗喻阴茎的龟头。花精：可指潜在的孩子（或卵子与精子）。
3 原文 To eat the world's due 直译为"吃掉了人世间（世界）应得的那一份"。"人世间（世界）应得的那一份"指人的后代（孩子、后嗣）。所以这里译作"不留遗嗣在"。——译者附注
4 多少个寒冬：原文 forty winters 容易被误解为真的是40个冬天，实际上这是虚指，形容很多年。——译者附注
5 深沟：指皱纹。
6 昔日浪荡风流：原文 the treasure of thy lusty days 中的 treasure 有"精液"的意思；lusty 指"精力蓬勃的"，也指"性欲旺盛的"。
7 用美：指"使用性爱方式"。
8 精衰血凉：可指家族性血脉，亦可暗指"性欲"或"精液"。

3

照照镜子，给镜中脸儿报信，
是时候了，那脸儿理应再生。
你现在若不复制它未褪风采，
便骗了人世，叫它缺少母亲。
想想，难道会有这样的美女，
美到不愿你耕耘她处女童贞？
想想，难道会有这样的美男，
竟蠢到自甘坟茔，断子绝孙？
你是你母亲之镜，在你身上
她唤回自己阳春四月般芳龄，
透过垂暮年华窗口你将看见
黄金岁月，纵然你满面皱纹。

　若你虽活着却无意让后人称颂，
　那就独身而死吧，人去貌成空。[1]

4

挥霍成性之人，为何你把
美的遗产流溢出你的肉身？[2]
造化只出借但却不会馈赠，
她慷慨也只借给慷慨之人。[3]
美丽的吝啬鬼，为何滥用
造化托你转交的美丽礼品？
无利可图之债主，你为何
挥霍重金，却仍不能安生？
只因你仅和自己买卖经营，[4]
你行骗也只骗甜蜜的自身。
当造化有一天唤走你生命，
你怎把满意清单留与世人？

　不如风流而遗貌后代长依旧，
　免你未被垂顾之美殉葬荒丘。

---

1 独身而死：原文 die single 中的 die（死亡）有双关义，可指（自恋者因手淫而获得的）"性
高潮"。
2 流溢出：暗喻射精行为。
3 慷慨：暗含性慷慨之意。
4 和自己买卖经营：指"只和自己做性爱生意（手淫）"。

5

时光老人曾经用精雕细刻
刻出了这众目所归的美颜，
也会对它施暴虐于某一天，
叫倾国之貌转眼丑态毕现。
那周流不息的时光将夏季
携带到可憎的冬季里摧残，
令霜凝树脂，叫茂叶凋散，
使雪掩美色，呈万里荒原。
那时若没有把夏季的香精
炼成玻璃瓶中的液体囚犯，
美的果实亦将随美而消殒，
美和美之忆都成过眼云烟。

    但如花经提炼，纵遇到冬天，
    虽失外表，骨子里却仍清甜。

6

那么，当你还没有经过提炼，
休让冬寒粗手夺你体内夏天，
让宫瓶流香，快趁美的精源[1]
未自残自溅，投置它于某处，[2]
这投放并不是非法放债赚钱，
它会使借债付息者心里快活。
你须得为自己生出另一个你，
倘能生十个，则有十倍快活。
若你有十童重现你十幅肖像，
你现在的幸福就被十倍超过。
如此，你便活在你后代身上，
弥留之际，死神也莫奈你何！

    别太自恋了，你如此绝色无匹，[3]
    岂让死神掳去而蛆虫继你芳姿。

1　宫瓶：原文 vial 原指可盛液体的瓶子，此处指"子宫"。权译作"宫瓶"。——译者附注
2　某处：指阴道。
3　自恋：原文 self-willed 含"固执"义，此处指将性爱加于自身。

7

瞧，东方仁慈朝阳抬起了
火红头颅，每双尘世眼睛
都在向它初升的景象致敬，
仰望的目光膜拜神圣光明。
瞧它攀登上了陡峭的天峰，
就好像正当盛年的年轻人，
而凡尘之目尚仰慕其美貌，
依依追随他那金色的旅程。
但当倦乏的车辇越过巅峰，
他渐离白昼，如老迈之人，
昔日恭顺目光就不再追逐
他那下行之道而转顾他途。
　　你也是华年将逝却耗精自屠，[1]
　　若不生儿，乐死亦无人盼顾。[2]

8

你是音乐却为何闻乐伤情？
美与美相爱，乐与乐同根。[3]
为何你却爱本不愿爱之物，
为何你甘与忧烦共处一尊？
假如诸声共调出谐曲真情
确实曾经干扰过你的清听，
这是甜美的责备，你不该
孤音自赏损害你应奏和声。
此弦与他弦，宛若夫妻对，
一弦振一弦应，弦弦共鸣，[4]
这犹如父、子和快乐慈母，
齐声同调唱出悦耳的佳音。
　　这无词曲有多种，调却相同，
　　总劝你休要独身绝种万事空。

1　华年：原文为 noon（正午），意指巅峰状态（手淫高潮）。
2　乐死：原文 diest 为文字游戏，指因手淫而达到性高潮。——原注（按：莎士比亚著作中，描述男女性高潮时，常常委婉地用 die [死亡] 来陈述。——译者附注）
3　美与美相爱：原文 sweets with sweets war not 意为"美妙与美妙不相为敌"。sweets 现在作"糖果"讲，但在莎士比亚时代作"美妙"解。——译者附注
4　振：文字游戏，暗指性交。

9

难道是因惧寡妇泪眼飘零，
你才用独身生活烧尽自身？
啊，若你不幸无后而长逝，
世界将如丧偶者为你哀鸣。
这世界是你的遗孀，她哭，
哭的是你未留下自己形影，
不像其他寡妇靠孩子眼神
便使丈夫的音容长锁寸心。
瞧吧，浪子在世挥金如土，
不过钱财易位，福泽他人。
但尘世之美一去不复回首，
存而不用终将毁于美人身。[1]
  既然对自己都进行可耻谋杀，[2]
  此种胸襟怎容得对他人爱心。

10

你说什么对他人尚有爱心，
亏你对自己将来都缺安顿。
姑且承认有多人对你钟情，
但显然你对谁也不曾倾心。
因你胸中装满怨毒与仇恨，
竟不惜阴谋残害你的自身。
你锐意要摧毁美丽的秀容，
竟忘了修缮才是你的本分。
啊，你改变态度我也会改，[3]
难道恨比爱更有美室容身？
愿你内心和外表同样仁慈，
或至少对你自己发点善心。
  你若真爱我，就另造一个你，
  让美借你或你后代永葆青春。

---

1 存而不用：指不发生性行为。毁于美人身：暗指手淫。
2 可耻谋杀：暗指手淫。
3 态度：原文为 thought（思想），在莎士比亚时代可作"态度"解。——译者附注

11

迅速萎缩，一如迅速地膨胀——[1]
在你那个你进出两由的地方，
你年轻时所投一注精血若存，
你年长时便成为你收获对象。
其中活着智慧、美丽和繁盛，
而非愚蠢、老迈和朽败冰凉。
天下与你同想，则宗灭族戕，
不出六十年，世界便成洪荒。
让造化使无心传宗接代之人
变得丑陋、粗暴、无后而亡，
而造化的宠爱者获最多恩赐，
这些丰厚馈赠你都理当珍藏。
　　造化刻你是要把你作为一枚圆章，
　　多多盖印，岂可让圆章大名虚扬！[2]

12

当我细数时钟报时的声响，
看可怖夜色吞噬白昼光芒；
当我看到紫罗兰香消玉殒，
黝黑的卷发渐渐披上银霜；
当我看见木叶脱尽的高树，
曾帐篷般为牧群带来阴凉，
一度青翠夏苗而今捆成束，
束端露白硬须芒于灵车上。[3]
于是我不禁为你美色担忧，
你会迟早没入时间的荒凉，
既然甘美的事物难免谢世，
叹来者居上自己快速消亡，
　　故万物难挡住时间的镰刀，[4]
　　除非你谢世后留下了儿郎。

1　萎缩：暗指房事之后人体的衰弱和性器的收缩。
2　多多盖印："印"指孩子。"多多盖印"指多行房事、多产孩子。
3　灵车：原文为 bier（棺材架，停尸架）。这里用来比喻收割庄稼时用来运载收获物的小推车之类。"一度青翠（指曾经青翠）的禾苗现在已经成熟，于是被时间的镰刀割倒（死亡）而被车子运走，就像是送葬时用灵车运送死者一样。"束端露白硬须芒"指禾物（例如小麦之类）被捆打成束后，禾物一端的须芒（例如麦芒）露在外边，暗喻白胡须老人死后的胡须之类。——译者附注
4　时间的镰刀：时间女神通常被描绘为手持镰刀、割下生命物。此喻与上面的收获情形呼应。

13

啊，愿你是你自身！爱啊，
可惜你自主时间寿限凡尘，
你须准备应对必来之末日，
把你娇美形象转让与别人，
如此，你那租借来的美色，
就永不到期——一旦殒命，
你会再一次成为活的自己，
因你后嗣会保留你的原形。
谁会让如此美丽之房倾圮，
若细心的照料会赢来无损，[1]
使它免受隆冬的狂风凛冽
和死神横扫时的冷酷无情？
　　哦，唯浪子如此！爱，你自己
　　有父亲，就该让儿子也有父亲。

14

我不是从星辰学得出结论，
我对星相学似也不学而精，
我不想要去预知吉凶祸福，
也不卜瘟疫、气候和年成。
我不能为每分每秒算命运，
说每刻有啥雷、雨和风云。
我也不能凭上苍暗授天机，
披露帝王将相走红或背运。
我只从你的双眼这对恒星
破谜惑，推导出下述学问：
假如你回心转意哺育儿孙，
真和美就能永远繁荣共存。
　　要不然我会这样给你算命：
　　你临终日便开启真美墓门。

---

1 细心的照料：原文为 husbandry，暗指履行丈夫职责。

15

当我忖思一切有生机之物
都只能繁荣兴旺短暂时光，
世界大舞台上呈现的一切
都暗中受制于天上的星象；
当我看到人类草木般滋长，
任同一苍天随意褒贬抑扬，
少时神采飞动，盛极渐衰，
往日鼎盛貌逐步被人遗忘。
正是对这无常世界的忧思，
带给我你青春勃发的形象，
破坏性的时间和朽腐为伍，
化你青春洁白为黑夜肮脏。
　　为与你相爱，我要对时间开仗，
　　它使你老，我嫁枝让你换新装。[1]

16

但为何你不用更有效的方法
奋起反抗这嗜血的时间魔王，
或用更强的手段来抵抗衰朽，
却反倒借重我这不育的诗行？
如今你置身桃花运顶峰之上，
有许多处女园等你栽插红芳，[2]
殷切盼望着你植下活花朵朵，
花儿比你画像更显出你真相。
所以生命只能靠儿女来绵延，
不论我的涂鸦还是时间画匠
都不能使你活现在人们心房，
让你内在和外在之美色昭彰。
　　奉献你自己将反使你自己长在，
　　想生存就得靠把传宗妙技发扬。

1　此行诗意味着诗人通过抒写诗中主人公而使其获得新的生命。
2　处女园：当时的常用比喻，指女性身体或子宫。

17

将来有谁会相信我这些歌唱，
如果你至高的美德溢满诗章？
尽管天知道这只是一座坟墓，
你命锁其中，难使德行张扬。
如果我能描摹你流盼的美目，
把你千娇百媚织入清新诗行，
未来时代会说"这诗人撒谎——
此类天工笔岂描摹尘世脸膛"。
于是我的诗稿带着岁月熏黄，
会像饶舌老头受到嘲弄一样。
你应得礼赞被看作诗人狂想，
或被看作古曲一样虚饰夸张：
　　但如果那时候你尚有子孙健在，
　　你就双倍活于他身和我的诗行。

18 A

阁下比春孰短长？[1]
君更可爱更温良。
阳春期限叹苦短，
娇花五月落风狂。
天眼如炬有时热，
金面或暗暂无光。
人间万美难恒健，
零落随机道无常。
君有韶华不消褪，
总葆朱颜独自芳。
阎罗无奈由尔去，
尔命永寄在诗行。
　　但有人气人眼亮，
　　君凭我赋万年康。

1　此诗虽非莎士比亚十四行诗集中最美的，但它却是莎士比亚所有诗歌中被翻译、被征引、被评论得最多的一首诗。但是这首诗中有一个词在翻译时却颇棘手，这就是 summer（夏天）。如直译第一行，也可以是"将君比夏孰短长"。关于对 summer 的理解，我曾说过：英国由于其地理位置偏北，其夏季在较大程度上相当于我国的春季，是英国最明媚妍好的季节（辜正坤：《英国诗歌名篇鉴赏》，天津人民出版社，2003 年版，第 229 页）。换句话说，莎士比亚时代的五月，大致相当于我国农历三月或四月初，与所谓"阳春三月"很相近。根据这个观点，我曾在另外一首译诗中将 summer 改译成了"春天"、"春日"或"春季"。有读者问：莎士比亚为什么不用 spring（春天）而要用 summer 呢？这要说到莎士比亚使用的英语来源。在古英语和中古英语中，没有 spring 这个词，因此那个时代的人的季节观念还没有四季之分，往往把春夏两个季节的时间都当作夏季。到了莎士比亚时代，spring 这个词刚刚传进英语不久，大概是在 1547 年传入的，但人们在表达春天时，往往还是习惯于用 summer 这个词。莎士比亚也不例外。154 首十四行诗中，summer 出现了 20 次。当然，spring 也出现了 6 次，但远不如 summer 出现得频繁。由于古

18B

或许我可用夏日把你来比方
但你比夏日更可爱也更温良。
夏风狂作常摧落五月的娇蕊，
夏季的期限也未免还不太长。
有时天眼如炬人间酷热难当，
但转瞬金面如晦，云遮雾障。
每一种美都终究会凋残零落，
难免见弃于机缘与天道无常。
但你永恒的夏季却不会终止，
你优美的形象也永不会消亡，
死神难夸口说你身陷其罗网，
只因你借我诗行可长寿无疆。

　只要人眼能看，人口能呼吸，
　我诗必长存，使你万世留芳。

19

流光，你湮没万象磨钝狮爪，
你使大地把自己的幼婴吞掉，
你从猛虎的口中撬出了利牙，
你教长寿的凤凰被活活燃烧。[1]
你行踪过处，季节非哭即笑，
啊，捷足时间，为所欲为吧，
踏河山万里，摧尽百媚千娇。
但，住手！有桩大罪不容饶：
你休在我爱友美额擅逞刻刀，
你休于其面用古笔乱抹线条！
且容他任流光飞逝不改原貌，
但把美的楷模留与后世人瞧。

　时光老头啊，凭你展淫威、施强暴，
　有我诗卷，我爱人韶华常驻永不凋。

英语中缺乏"春天"这个词，中世纪英国文学家乔叟（Geoffrey Chaucer）用"第一个温暖的夏季（first somer sesoun）"来表示"春天"这个意思，同时用"炎热的夏季（hote somer）"来表达通常意义上的"夏季"。当然，也有一些西方学者将中古的 summer 还原成现代英语的"春季"。例如有一首名叫 Svmer is I-cumen in（1240）的民歌，直译是《夏天到了》，其实真正的含义应该是《春天到了》。该诗的注释者赫什（John C. Hirsh）在《中古抒情诗：中古英语抒情诗、民歌和颂歌》（Medieval Lyric: Middle English Lyrics, Ballads, and Carols，2005）中就注释为：svmer = spring，认为那时的夏天等于春天。而戴维斯（Reginald Thorne Davies）在《中古英国抒情诗编年集》（Medieval English Lyrics: A Critical Anthology，1963）一书中直接将该诗翻译成 Spring has come—sing loud! cuckoo。由此可见，将莎士比亚这首诗中的 summer 理解和翻译成"春天"是可以的。为防误解，另附将 summer 译作"夏天"的译诗于后。——译者附注
1　长寿的凤凰：阿拉伯神话中的神鸟，寿延 500 岁，后投火自焚，于灰烬中再生。

20

你，君临我诗中的情妇兼情郎，
是造化亲自绘出你女性的面庞，
你虽有女人柔婉的心，却没有
那种轻佻女人惯有的反复无常。
你的眼比她们的更真诚更明亮，
目光流盼处，事物顿染上金黄。
你风流阳刚，令一切风流景仰，[1]
使众男神迷，使众女魂飞魄荡。
造化本意是要让你做一个女人，
但造你时却爱上你，在你身上，
胡乱安个东西，使我不能承欢[2]
于你，那东西我却派不上用场。

　　既然造化造你是供女人玩耍，
　　给我爱，给女人做爱的精华。[3]

21

我倒并不像那一位诗人一样，
因画布上的美人便感而成章，
连苍天都成为他笔底的装饰，
驱群美以衬托他那美貌女郎，
满纸绣词丽句、比附又夸张，
海珠、大地、月亮和太阳，
四月鲜花，及一切奇珍异物，
环挂长空，直面宇宙的浩茫。
啊，让我忠实地爱和抒写吧，
请相信我，我的爱虽然难与
苍穹中金烛台般的星斗争光，
但其美与任何母亲之子一样。

　　让别的诗人说尽陈词滥调吧，
　　我非贩夫，绝不自卖自夸奖。

1　本行指对方虽然是男性，但是其风采美貌却征服了男女两性。
2　东西：指男性生殖器。
3　精华：暗指精液。

22

镜子无法使我相信我已衰老，
只要你和青春仍然还是同道，
但当我看见你脸上岁月犁沟，
我就会料想自己的死期已到。
因为你全身上下的美丽外表，
只不过是我内心的真实写照，
你胸内红心也在我心中燃烧，
我岂能胆敢比你早露出衰兆？
哦，我的爱，你须保重自身，
要像我只为你才把自己照料，
拥着你心，我自会谨慎万分，
像乳娘护婴，怕它染上病苗。
　　如果我心已先碎，你心岂能自保，
　　你既把心给我，我岂能原物回交。

23

正像一个新戏子初次登场，
在慌乱里把台词忘个精光，
又像是猛兽胸怀满腔怒火，
雄威太盛，心志反不刚强。
我，也因缺乏自信而忘掉
爱情仪式全部的适当辞章，
我的爱力似乎在变得枯弱，
是爱的神威压弯我的脊梁。
啊，让我的诗卷雄辩滔滔，
默然吐出满蓄情怀的诉状，
它为我爱申辩，寻求赔偿，
胜过喋喋不休的巧舌如簧。
　　哦，请用眼听爱的智慧发出清响，
　　请学会解读沉默之爱写下的诗章。

24

我的眼睛是画家，早已将你
美的形象画在我的心板之上，
我身躯是画框，向框里端详，
会发现传神笔来自高超画匠。
你须要通过画师把妙技观摩，
寻找你真容之像在何处隐藏，
那画像永挂于我胸内的画店，
你明亮双眼是画店玻璃之窗。
瞧眼睛和眼睛互相帮了大忙：
我眼画下你的形象，你眼则
做我胸室明窗，太阳也乐于
穿过窗棂去偷窥、把你凝望，
　然而我的眼睛还缺乏更高的才智：
　能画目之所见，却难画心之所藏。

25

且让那些鸿运亨通的人们，
夸耀其高位与显赫的虚名，
我虽然无缘与幸运者同运，
却得意外之大喜合我深心。
看那春风满面的得宠王臣，
繁开如金盏花随旭日东升，
日落香消玉殒，君王怒处，
叹臣下荣光转眼化作烟尘。
含辛茹苦名播沙场的将军，
空有千次大捷，一朝败绩，
功劳簿上便一笔勾销芳名，
纵战功赫赫从此默然无声：
　而我，多幸福，既被爱又能爱人，
　我立场坚定，别人也就不会变心。

26

我爱情的主子啊,您的德行
早已赢得我甘愿臣服的忠心,
我而今缮写谨呈上片纸诗行,
但鞠躬尽职,不敢小露锋芒。
重命在肩,可怜我才疏学陋,
赤胆忠心却找不到诗句遮羞。
只盼您灵魂深处的奇思妙想
使我粗裸的才具有安息之邦。
等到某一颗星导引着我前进,
为我施恩般地照亮美境浓荫,
使我这褴褛之爱罩上锦套头,
方配得上您仁慈甜美的隆恩。

　　唯有那时我才敢夸口对您柔情似水,
　　我从前躲闪,是怕您考验我的雄威。

27

心倦神疲,我欲上床休息,
好安顿这旅途倦乏的肢体。
然而身体的远足劳作刚停,
心灵上却开始了新的长征。
我虽远处他乡,但我思想
却在朝圣般奔向您的身旁。
我强睁大睡意蒙眬的双眼,
把盲人也能见的黑暗凝望。
我借助灵魂的想象的目光
已窥见您在黑暗中的形象,
宛如恐怖之夜高悬的明珠,
令旧夜新生而呈美的辉煌。

　　瞧,我白昼之身,黑夜之心,
　　为您,为我,全都无法安宁。

28

既然我白天黑夜难安心独处，
白昼的压迫夜晚得不到消除，
日继夜，夜继日，愁烦更苦，
我又怎能使快乐的心境恢复？
日和夜虽然原本是互相为敌，
但折磨我时却联手配合默契。
一个让我苦，一个让我哀怨，
说我跋涉得远，却离你更远。
我讨好白昼，说你四射光芒，
纵云遮丽日，可使白昼辉煌。
我又这样去巴结阴暗的夜晚，
说星光消残，你可使夜璀璨。

　　但白昼日日使我忧心加重，
　　夜晚则夜夜令我愁思更浓。

29 A

奈时运不济，又遭人白眼，
恨世道难处，独涕泪涟涟，
呼唤，徒然，叵耐这聋耳苍天！
又顾影自怜，只叹命乖运蹇。
我但愿，愿常怀千般心愿：
愿貌美，愿三朋六友相周旋。
愿艺高学富，愿自在悠然。[1]
本有长技在身，偏偏不稀罕。
思绪纷然，几沦为自轻自贱！
忽念转君处，喜境换情迁，
正曙染星淡，如云雀翩跹，
离浑浑人寰，讴颂歌一曲天门站。

　　但记住，你柔情招来财无限，
　　纵帝王屈尊就我，不与换江山。

1　艺高学富：原文为 art，指技艺和学问。自在悠然：原文为 scope，指 freedom（自由）。——
　　原注（这两个注释与其他注本和译者的理解颇不一样。此从皇家版。——译者附注）

29B

面对命运的抛弃，世人冷眼，
我唯有独自把飘零身世悲叹。
我曾徒然地呼唤聋耳的苍天，
诅咒自己的时运，顾影自怜。
我但愿，愿胸怀有千般心愿，
愿有三朋六友，愿仪貌非凡；
愿才艺盖世，处世天地更宽，
对自己长处，偏偏看轻看淡。
我正耽溺于这妄自菲薄之思，
猛然间想到你，顿景换情迁，
我忽如破晓之云雀凌空振羽，
讴歌直上天门，把大地俯瞰。
　　但记住你柔情招来财无限，
　　纵南面君王，不与换江山。

30

我有时醉心于沉思默想，
把过往的事物细细品尝；
我慨叹许多不如愿之事，
旧恨新愁同悼蹉跎时光。
不轻弹之泪挤满我双眼，
我哭亲朋长眠永夜孤魂，
叹故人旧物如逝水难追，
勾起我伤怀久别之风情。
忧心再起只为流年遗恨，
旧绪重翻令我愁锁心庭。
多少伤心事如旧债难数，
似当时欠账，今日还清。
　　但只要此刻想到你，朋友，
　　损失全挽回，愁云顿时收！

31

你胸怀珍贵，能珍藏一切心上人，
我和他们无缘，曾以为他们丧生。[1]
在你胸腔里，爱及爱之可爱品行，
都和我曾以为葬身之友共处一尊。
对死者热烈、虔诚的眷恋曾偷走
我圣洁哀伤之泪，宛若涌泉奔流，
而今回首，才明白这些过世幽魂
不过是移居另处，在你胸腔归休。
你庇护着我埋葬之爱，你是坟丘，
坟内满挂着我昔日情人的战利品，
他们把我一片痴心都转赠你消受，
于是多人共有之爱，你独自占有。

　　在你身上我看见我那些情人的形象，
　　你是他们全体，我的都是你的收藏。

32

若你寿限长过我坦然面对之天数，
当无情死神埋我尸骨于一抔黄土，
而你偶然翻读你这位死去的情郎
在世时写下的粗鄙、拙劣的诗行，
你让它们与时下的杰构佳篇相比，
发现它们逊色于每位诗人的华章，
论技巧总不如那些幸运儿的辉煌，
请保留我的，为爱不为韵脚铿锵。
啊，但愿你大度地把我往好处想：
假如我朋友的天赋还能与世推移，
凭他的真爱必酿出最佳诗的琼浆，
终于使他能与当世高手问鼎诗堂。

　　可惜他不幸辞世，诗人们诗艺倍增，
　　我欣赏后者文采，但品读前者爱心。

1　以上两行也可以理解为是暗示诗人被朋友或恋人抛弃；他们都喜欢上了那个青年男子。

33

多少个明媚辉煌的清晨，我看见
威严的朝阳把四射光芒洒满山巅，
它那金色的脸儿贴紧碧绿的草原，
用上界炼金术使惨淡的溪水璀璨。
然而倏忽之间，飘来了片片乌云，
黑沉沉横过它那庄严肃穆的面影，
竟使得被遗弃的下界难睹其尊容，
它于是蒙羞戴耻沉落于碧霄九重。
我的太阳也曾经如此地四射光芒，
在一个清晨辉煌于我的前额之上。
可是唉！我只能一时承受其恩宠，
须臾云遮雾障，不复重睹其华光。
　　然而我对他的爱心并不稍稍有减，
　　天日会变暗，人世的更理所当然。

34

为什么你期许如此的丽日晴空，
不虑遮风避雨，使我轻装上路，
一旦涉足中途，你让浓云飞舞，
使你四射的光芒在阴霾中消失？
纵然你后来又穿破了密云浓雾，
晒干了我脸上风暴残留的雨珠，
然而无人会称赞你这治病膏药：
医得创伤，却医不了心灵痛楚。
你的羞惭难冰释我彻骨的忧愁，
你虽痛悔再三，我却惆怅依旧。
害人者引咎自责，又怎能驱除
那替人受过者内心的极度悲苦！
　　但是，唉，你流出的情泪是颗颗明珠，
　　价值连城，使你的一切罪恶获得救赎。

35

毋须再为你的所作所为悲伤：
玫瑰有刺，明泉难免浊泥汤，
乌云和日食月食让日月晦暗，[1]
可恶的蚊虫会在娇蕾里躲藏。
人人都会有过失，我也一样：
为文过饰非，不惜滥打比方，
自我贬损是为开脱你的罪状，
你过失重，我绝不问罪公堂。
对你的浪荡之行我详加体谅——
我这原告反倒为你辩护伸张——
我提起诉讼，告的却是自己，
我的爱恨就这样掀起了内讧。
　　到头来，我落得沦为你的帮凶，
　　帮你这甜偷儿无情打劫我心房。

36

尽管我们的爱浑然如同一体，
我承认我们毕竟肉体上分离。
如此，我身上不光彩的疤痕，
不劳你分忧，我当独自担承。
我们的挚爱把我们合二为一，
尽管现实里我们有两个身躯。
双躯难改我们爱的专一真纯，
但毕竟会耗费些许甜蜜光阴。
我从此或不再张扬你是知己，
以防我可悲过失玷污你英名；
请你也不要当众赋予我殊誉，
除非你甘冒自己的芳名受损。
　　可别这样，我的爱与你同心：
　　你既属于我也就分享我佳名。

1　晦暗：暗示道德瑕疵。

37

正像阳精委顿的父亲喜欢观看
年轻气盛的孩子演示青春韵事，
我虽曾蒙受过命运最大的摧残，
却也能从你美德真诚获得快意。
美色，门第，才华，乃至财富，
无论其中一样，或更多或全部，
都已在你身上发挥得恰到好处，
我于是把我的爱植入你这宝库，
从此我不再残废或受轻忽贫苦。
既然这庇护所让充实代替幻影，
我本当满足于你的富裕和丰盈，
活下去，就凭借你这一抹浓荫。
　　我但望你的库内有无价的珍宝，
　　一旦如愿，我便十倍快乐逍遥。

38

我的诗神岂会缺诗材诗思，
你活着，你就是甜美主题。
你踊动于我诗章美妙无比，
描写你岂借蹩脚诗人颓笔？
假如我诗有聊供垂鉴之处，
那也全是依赖了你的惠顾。
正是你点燃了想象的火把，
才令哑巴也为你诗情勃发。
你十倍地超越九位老缪斯，
你将登上第十位诗神之榻。[1]
有不朽华章超迈千古无涯，
若你令呼唤你者怒放诗花。[2]
　　倘这苛求时代容我微薄诗才，
　　我当万苦不辞写诗将你膜拜。

[1] 第十位诗神：古希腊神话中有九位司掌文艺的缪斯女神，她们分管历史、音乐、诗歌、戏剧、舞蹈、天文等门类，人们统称之为缪斯女神。她们能激发人类艺术创作的灵感。——译者附注
[2] 呼唤你者：其实就是作者自己。

39

假如你和我本来就共为一体 [1]，
我怎能只歌颂你且歌颂得宜？
我自己歌颂自己有什么意味？
我歌颂你不也等于自吹自擂？
正因如此，我们应分离独处，
使我们之爱各有区别性名义。
有这种区分，我才可以献出
你理所应独得的那一份颂词。
别离啊，若非借你辛酸余暇，
聊以对爱的思恋来消磨时光，
若非你使爱哄骗时间与思想，
若非你教会我如何化单为双，

　　使我借机在此将远方人儿歌吟，

　　啊，别离，你将令我何等魂伤！

40

把我所爱者夺走，全夺走，[2]
看你是否比从前多了朋俦？
啊，你并无新爱可称真爱，
得此爱前我爱都由你签收。
若你因爱我而私通我所爱，[3]
我岂能怪你将我的爱消受。
但若你自欺而执意要纠缠 [4]
不爱之人，我想骂你个够。
且原谅你这有来头的小偷，
尽管你把我家当全部掳走。
情场皆知：忍受爱的屈就
比忍受恨的伤害更令人愁。

　　浪荡公子啊，你恶行都成美德，

　　咬杀我吧，但我绝不与你成仇。

1　共为一体：据《圣经·新约·以弗所书》第 5 章第 31 节，相爱者精神合一成一个个体（a pair of lovers becomes a single individual）。原诗中有 the better part of me（我的好的一半），指爱人。两爱即两半。两半相合成一体。——译者附注

2　夺走：指性占有。

3　私通：指发生性关系。

4　纠缠：指发生性关系。

41

你趁我不在你心头的时候，
便放荡不羁肆意快活风流。
论青春论美色你二者兼备，
行迹所至总会有诱惑追求。
你高雅，自有人逐你芳心；
你绝色，自有人大献殷勤。
哪个男子面对女人的勾引
会忍心拒而不享受桃花运？
但是唉，求你别占我位儿，¹
快管住你美色和浪荡青春，
免四处花心闯下风流乱子，
到头来被迫双重毁约失信：
　毁她的，因你用美色使她失身；
　毁你的，因你的美色对我不贞。

42

你占有她，这并非我全部哀情，
虽说我对她也还算有一片痴心。
她占有你，这才令我号啕欲绝，
这至爱之失使我几乎痛彻心庭。
情场犯啊我只好这样开脱你们：
你爱她，不过因为我是她情人；
她骗我，也因她对我无限倾心，
这才让我朋友与她试享云雨情。
我失掉你但我情人因之有所补，
我失掉她则我朋友因之有所进。
你俩互进互补，我却两头落空。
你们只是为我才让我尝尽酸辛。
　我权且苦中寻乐：你我本同根，
　她怎么爱你，也是在爱我本人。

1 位儿：供诗人做爱的地方。

43

我双眼闭得紧，反能看得清，
白天所见物，多半淡淡平平。
但当我双眼在梦中把你凝望，
它们顿如暗夜焰火四照光明。
你的影像必也能使黑暗生光，
对紧闭双眼你尚能如此辉煌，
若在白昼你会更加灿烂耀眼，
你真身现处呈何等美妙景象！[1]
唉，这双眼怎样才能交好运，
以便白日里也能目睹你倩影，
不然我只能于死夜沉睡之中，
用紧闭双眸观摩你飘忽芳容。

　　看不到君颜，每个白日如夜阑，
　　夜夜成白天，夜梦我们才相见。

44

若我这笨重肉体如轻灵思想，
则山重水复难挡我振翅高翔，
我将视天涯海角如咫尺之隔，
不远鸿途万里孤飞到你身旁。
此刻，我的双足所立的处所，
虽与你远隔千山，又有何妨，
我只要一想到你栖身的地方，
电疾般的思想便会穿洲过洋。
但可叹我并非是空灵的思绪，
能腾跃追随你行踪越岭跨江，
我只是水土塑成的凡胎肉体，
唯有用浩叹伺奉蹉跎的时光。

　　唉，无论土和水于我都毫无补益，
　　它们只标志哀愁，令我泪飞如雨。

1　本行原文为 How would thy shadow's form form happy show，意为"你的真实存在产生令人快乐的景象"。

45

还有两种元素，净火与轻风，
不论我栖身何处总伴你行踪。
风似我思想，火如我情欲浓，
它们神出鬼没，来去何匆匆。
这两个轻快的元素一旦他往，
前去为我向你传达爱的衷肠，
我生命便奄奄待毙愁心难整，
这四元素命只剩二元素留存，[1]
我的生命的结构若想要复原，
除非这两个轻灵的使者回还，
啊，它们现在回来了，为我
切切传语，缕述你身体康安。
　　我闻信大喜，可叹喜而不久，
　　送它们走后，我仍浓愁依旧。

46

我双眼和心儿正吵作一团，
都争抢着要分享你的芳颜，
眼睛不许心儿亲睹你倩影，
心不许眼睛把你自由观看。
心儿说你本来栖居其领土，
无人窥其室纵有雪亮眼珠，
然而眼睛全不认心的申诉，
说唯有明眸使你花容长驻。
这一场权利公案谁赢谁输，
起伏心潮终竟得断案有主。
左思右想才定出个判词儿，
要使亮眼不亏，柔心不负：
　　你外表美由我的眼睛占有，
　　你内在爱由我的心儿消受。

1　四元素命：莎士比亚时代的人相信人的生命由土、水、火、风四种元素构成。净火与轻风属
　于"轻快的元素"，而肉体则属于土、水这种滞重的元素。第 44 首中有"我只是水土塑成的
　凡胎肉体"这样的句子。但是思想与欲望属于火、风元素，因此按理可以自由飞翔，故莎士
　比亚说"若我这笨重肉体如轻灵思想，/ 则山重水复难挡我振翅高翔"。四元素说在古希腊时
　代就有，疑与印度的四行说（地、水、火、风四大）有联系。——译者附注

47

我的眼睛和心儿达成协议，
相约同舟共济，互助互利。
当眼睛实无法将尊容亲睹，
或当痴恋心暗为叹息所苦，
此时眼儿便呈现恋人肖像，
且邀心儿共享这画宴盛况。
有时眼睛应邀做心儿嘉宾，
共同流连忘返于缠绵之情。
如此借你肖像或我的爱威，
远离的你仍与我厮守相随。
你浪迹天涯难脱我的苦思，
我紧跟着它，它紧缠着你。
　　纵情思入梦，你肖像在我眼里，
　　但唤醒寸心，叫心眼皆大欢喜。

48

启程之时我是多么谨慎小心，
把一切日用物件全上锁封存，
坚壁固房务使窃贼望而缩手，
他日取用之际尚见原封蒙尘。
和你比，我的珠宝黯淡无光，
你是我至乐，而今令我断肠，
至亲挚爱啊，我唯一心头肉，
而今却无遮无拦任鼠窃狗偷。
可怜我无法锁你进金箱银箱，
只好把你锁在我温柔的胸膛，
感到你似在非在，似有非有，
这地方你原本可以来去自由。
　　怕的是隐秘如此你仍会被偷被抢，
　　此宝价无双，君子都会动歪心肠。

49

怕的是那个时候一旦到来，
你皱起双眉嫌我是个障碍，
那时你烧尽爱的每滴灯油，
你深思后提出要我们分手。
怕的是那时候你漠然走来，
不再用骄阳之目赋我光彩，
那时爱火已熄灭往日之辉，
乖张的行为总有理由铺排。
怕的是那时我才唯求自保，
将自己长短得失掂量分晓，
为你我举手宣誓反对自己，
站在你立场上捍卫你权益：
　　要抛弃我，你有的是法律依据，
　　让我被你爱，我却讲不出道理。

50

这场跋涉真令人神疲力倦，
我奋力欲达困顿旅途终点，
而中途休憩每每叫我省悟：
我和你又分隔得多么遥远。
我身下坐骑不堪我的苦痛，
缓然前行载着我心的沉重。
可怜这马儿似由本能得知，
骑手欲慢，越快越远离你。
带血马刺难激起前进兴头，
骑手发怒猛刺激它的皮肉。
马儿忽然回应以沉重长鸣，
我闻声更苦过马刺刺其身。
　　这一声低吟叫我突然清醒：
　　快乐今已尽，惆怅眼前生。

51

我既乘这征鞍离你而他往，
蹀躞而进，无须行色仓皇；
不是回头路，何苦马松缰？
爱啊，坐骑鲁钝不是大罪，
若是归程，电疾不算匆忙，
可怜驽马，那时罪重当诛，
我当加鞭，快若乘风翱翔，
虽展翅凌空亦嫌慢，那时，
无马可与我如炽欲火争强。
这巅峰爱情之欲绝非死肉，
自当引颈长啸似火焰飞扬。
啊，原谅我这疲马之鲁钝，
　既然它抽身离你时有意磨蹭，
　由它闲步吧，我则向你狂奔。

52

我像富翁有能交好运的钥匙，
可随时开启紧锁深院的密室。
我不愿每时每刻造访那幽居，
只怕磨钝难得的快感的锋镝。
喜庆佳节之所以庄严、珍贵，
因为一年里难得有几次发生，
就好比是项链上的珍珠宝贝，
虽疏疏落落，却更光彩照人。
而同样珍贵的是那一段光阴，
我视它如贵重橱柜时时留心，
当猛然间展示出囚禁的瑰宝，
顿使那难逢之一刻引人销魂。
　好个幸运儿，怀妙德如此不凡，
　有你其乐无比，无你望眼欲穿。

53

你究竟是由什么材料构成？
为何有千万影子侍奉身边？
每个人只可能有一个形象，
为何你却能独借影子万千？
看这位阿多尼，他的肖像，
不过是你原型的拙劣模仿。
纵对海伦颊滥施美容绝技，
也不过是你穿上希腊古装。
即使用春媚秋丰作个比方，
前者无非是你本色的投影，
后者无非是你丰饶的表象，
世间万美都是你变态姿容。
　　大千世界之美无不与你相通，
　　但忠贞守节，无人与你相同。

54

假如有真诚赋予甜美装潢，
美就一定会更加美色无双！
漂亮玫瑰会使人觉得更美，
是因它那甜美的活色生香。
野蔷薇花枝招展却无香味，
只凭色相与馥郁玫瑰争辉，
当夏风撩开它们隐蔽花蕾，
它们绽放枝头呈千娇百媚。
但它们的德行却只在外表，
无人羡其色，无人叹其凋，
悄然自殒；而玫瑰堪称强，
红颜虽薄命，骨炼成余香。
　　可爱美貌少年郎，你也一样，
　　色去香空纯精在，在我诗行。

莎士比亚诗集

55

王公云石丰碑或镀金牌坊
终将朽败，难与诗章比强。
我的诗行将使你大放异彩，
远非积尘碑石长年暗无光。
毁灭性的战争将推翻石像，
暴乱亦将扫荡尽铁壁铜墙。
但若你长留于这活的记录，
纵利剑兵火毁不掉你遗芳。
你昂然面对死与弥天遗忘，
便千秋万代之后世人双眼
都将永远辉耀对你的颂扬，
哪怕人类末日已来到世上。
    直到最后审判你站立之际，
    你长住恋人眼中和这诗行。

56

宝贝儿爱啊，快重振雄风，
休让人说你刀锋难比欲锋。[1]
今日如愿以偿，饱餐一顿，
明日旧情复发，饿相更凶。
啊，你也一样，今日食后
饿眼欲开还闭，睡眼惺忪，
明日重新勃启后，绝不能
萎靡不振，阻塞情精爱洪。
让这凄艳的暂歇如同大海，
使新婚人两隔日日岸边逢，
一旦见爱浪归来滔滔滚滚，
其景况或更令人情深意浓。
    或把这间隔比若冬天无精打采，
    好使盛夏之来更令人三倍喜爱。

---

1 刀锋：指性欲（或食欲）的锋芒。欲锋：兼指食欲与性欲。

57

既是你奴仆，我只能聊尽愚忠，
满足你的欲望，一刻也不放松。
我虽无宝贵的时间供自己驱遣，
却可听命于你帐下，垂首鞠躬。
我不敢抱怨大千世界绵邈无穷，
只为你，我的君王，看守时钟。
当你吩咐我这个仆从悄然退下，
我不敢多想，离思别绪愁更浓。
我不敢心怀嫉妒，或暗自猜疑
你干什么勾当，何处留下行踪。
我恰似忧戚的奴仆，头脑空空，
只玄想人人见你时必怦然心动。
  唉，我这植入你欲田的爱真是蠢猪，[1]
  眼见你为所欲为，却淡然视若无睹。

58

那位使我臣服于你的神灵
不准我限制你行乐的光阴，
不准我弄清你逍遥的时辰。[2]
是你臣下，只能任你纵情。
啊，我当遵命自囿于孤独，
你既肆意逍遥，二意三心。
让我默然忍受你声声呵斥，
绝不对你的伤害抱有微词。
那你随意而往吧，你既然
有特权自由支配你的时间，
为所欲为吧，你已有特权，
可将你一切罪行全都赦免。
  任你寻欢作乐，善恶无须再管，
  我必横心期待，直如地狱阴惨。

---

1 植入你欲田的爱：原文为 love that in your Will。注意 Will 大写。Will 可指"欲念"（包括性冲动），
  也可指"威尔"，莎士比亚的昵称。文字游戏，暗示此与莎士比亚相关。
2 本行意思是"不准我弄清你如何度过每一个时辰的明细账目"。

59

若天下无新物，万古旧如斯，
那我们的大脑多么容易痴迷，
尽管想发明创造，用心良苦，
到头来免不了是依样画葫芦。[1]
啊，但愿有历史记载供追溯，
至少五百年前的某一本古书，
你的形象早就已显现在那里，
自从思想开始用文字来记录，
我想看看古人曾用什么妙笔，
描摹你光彩照人的绝世风姿，
究竟我们技高还是他们笔拙，
究竟千古轮回是否毫无新意。
　　但有件事我敢肯定，前朝才子
　　　曾热情赞美的人物必远不如你。

60

若长波不断竞拍乱石之岸，
人生时刻朝终点飞奔而前。
后浪推前浪，今天接明天，
奋发连续行，你争我也赶。
看那初生于光海中的生命，
渐次成熟，直达辉煌顶端，
有凶恶日食欲与争光斗艳，
时间于是将馈赠自行捣烂。
流年似剑会斩断青春纱幔，
会在美人前额上刻下沟槽，
吞掉自然天成的奇珍异宝，
天下万物难躲过它的镰刀。
　　但我诗章将逃过时间毒手，
　　　讴歌你美德，越千年不朽。

1　原文意为"无非是生出一个已经有过的婴孩"。

61

你是否执意让你倩影幻现，
使我于漫漫长夜强睁睡眼？
你是否执意让我夜不成眠，
用你幻影把我的视觉欺骗？
你是否已经派遣你的魂儿
离家别舍要把我行动侦探？
你是想证实你的嫉妒猜疑，
查明我是如何地放浪荒诞？
啊不，你爱虽广情却不坚，
这本是我爱使我久难合眼，
我的真爱使我辗转于床榻，
为了你而扮更夫彻夜值班——
　　我为你守夜，你却躲得远远，
　　跟别人耳鬓厮磨，通宵达旦。

62

我的眼、灵魂和全身每部分，
全都充斥着自我爱恋的罪行，
没有药物能够治愈这种邪恶，
因为其病根深扎我心的底层。
我自忖自身魅力或不可限量，
论体态、论赤诚都盖世无双。
若需对自己长处作一个估计，
我自负在各个方面技压群芳。
但揽镜自照方见出自己真容，
只可怜衰鬓横纹满面色苍苍。
而今我终于看透自家自恋病，
自我溺爱本无异于罪恶昭彰。
　　为你也为我自己我把你称赞，
　　好用你青春美点缀我的衰年。

63

有一天我的美人会沉沦如我,
任由时间的毒手捣碎、折磨,
岁月会吸干血液并在他额上
罩上一层皱纹,他青春朝阳,
将掠中天而入暮年峭壁之夜,
他所曾独占的一切美色风流,
当不翼而飞,终将化为乌有,
他春情勃发的活力去也悠悠,
为防这时节,我把战壕深筑,
誓挡住残年流月的霜刀利斧,
它们纵能夺去我爱人的生命,
却无法不让其风韵百代如初。

　他的美将长留于墨染的诗行,
　　诗行不老,诗里人万古流芳。

64

曾见时间毒手跋扈飞扬,
抹掉前代所留豪华荣光;
曾见过高楼俄顷成平地,
浩劫竟尘封了铁壁铜墙。
曾见过饥海层翻滚滚浪,
吞蚀了周遭沃土岸边王;
一转眼陆地反攻侵大海,
得失叹无常,几度沧桑,
看透了天道循环无止歇,
今日兴旺难免他日凄凉。
天灾人祸教我细细思量,
时辰到我爱便水涸苍江。

　唉,这念头如死亡无可阻挡,
　　睁泪眼抓住唯恐失掉的情郎。

65

既然大地沧海和巨石坚金
全都难以与无常永世并存，
那么其活力娇若柔花的美
又如何能与死的严威抗衡？
夏日嫩蕊馨香如何能挡住
来日里那霜刀雪剑之摧凌？
纵然是壁立巉岩钢门如铸，
终必在时间的磨砺下消殒。
啊，寒心思绪！我唯哀叹，
时间珍珠将葬入时间荒坟。
可有巨手挡住这过客光阴？
可有猛士止住他掠美暴行？

　　没有啊，欲使我爱辉耀千载，
　　其高招是借我墨迹显圣通灵。

66

难耐不平事，何如悄然欲去泉台，
休说是天才，偏生作乞丐，
人道是草包，偏把金银戴，
说什么信与义，眼见无人睬，
道什么荣与辱，全是瞎安排，
少女童贞，可怜遭横暴，¹
堂堂正义，无端受掩埋，
跛腿权势，反弄残了擂台汉，
墨客骚人，官府门前口难开，
蠢驴们偏挂着指迷释惑教授招牌，
多少真真话错唤作愚鲁痴呆，
善恶易位啊，小人反受大人拜。

　　不平，难耐，索不如一死化纤埃，
　　待去也，又怎好让爱人独守空斋？

---

1 此行亦可作"童贞少女，被迫青楼标卖"，指童贞少女被强迫做妓女。——译者附注

67

唉，为什么他会栖身浊世，
其丰采令朽腐亦假作神奇，
靠他荫庇罪恶亦讨得便宜，
和他套近乎称为近朱者赤。
为何骗人画师摹仿他真容，
从其丰采里偷去僵死形式？
他既是真玫瑰，可怜的美
为何绕道追寻玫瑰的影子？
造化丧天趣，无活血奔流，
为什么他还仍然苟安于世？
因她只能从他获涓涓美泉，[1]
风情万种，如今唯他可依。

　　她珍藏他以证明许久以前，
　　她并非匮乏而是富丽无比。

68

他的脸俨然如往古岁月留纹，
过去美恰如今日花自灭自生。
那时虚矫粉饰之美尚未出世，
更不敢在活人额上兀自存身。
那时候死者的金发尚能安然
长存于墓穴，未遭祸于快剪，[2]
以便在第二额头上苟延年命，
使美艳在别人头上借发重兴。
他脸上则活现远古圣洁光彩，
天然去雕饰，唯有朴质天真，
不借他人之绿来铺陈出夏色，
不掠死者旧物来使扮相如新。

　　天教他权作一幅美色活标本，
　　好使假匠人得识古美人真身。

---

1 她：原文为she，各家注文均以为"她"即指造化。权从。——译者附注
2 莎士比亚时代的制造假发者常买死人头发来加工成新发。

69

你天生丽质可面对众目睽睽，
真个是你想有多美就有多美。
千嘴万舌从心底里为你证明，
这赤裸真理连敌手也难否认。
你外表便如此赢得一片颂声，
但同样的口舌虽曾为你歌吟，
却也以变调唱出相反的颂词，
它们似比眼睛看得更远更深。
他们要仔细探究你内心之美，
猜度揣测，只依据你的行为，
他们目光和善而带偏狭思想，
将野草味替代你鲜花的奇香。
　　你的花色与花香为何不相配？
　　因你不择地势随处绽放花蕾。

70

骂你责你并不是你的过失，
因为美人总难逃流言蜚语。
世人猜忌其实是美人装饰，
如孤鸦飞鸣点缀碧空如洗。
才高德广，谗言只能证明
你该更受尊重，世不你欺。
毒虫恶蛆最偏爱娇花嫩蕊，
当心，妙龄之你纯洁无疵。
你已越过青春路上的潜敌，
或安然脱险，或得胜班师，
但这样赞美你还远远不够
为你堵住放肆的嫉妒之口。
　　若恶意猜忌遮掩不住你真相，
　　你将独霸多少众心归顺之邦。

71

有一天你会听到阴郁的钟声
向世人宣告我已逃离这浊世
随龌龊蛆虫往另一世界安身,
我劝你千万不要为我而悲鸣。
你阅读这诗行时千万别记挂
这写诗的手,因我爱你至深,
唯愿被忘却于你甜甜的思绪,
我怕你想到我时会牵动愁心。
哦,我说,你垂顾这诗句时,
如果我早已经化作土石泥尘,
请不要重提我这可怜的名字,
只要你的爱与我命同葬荒坟。
　　这样就不怕聪明人看透你的哀怨,
　　在我死后用我作把柄拿你寻开心。

72

哦,为防世人对你究底盘根,
我既身已殁,尚有何德何能
敢蒙你垂青?爱啊,忘掉我,
因你实难寻觅我可爱的铁证。
除非你能罗织出无害的谎言,
对我大肆地吹嘘,施朱著粉,
为死去之我捧出更多的颂词,
肆意夸张,全不以事实为本。
为防你的真爱因此显得虚伪,
为防你因爱而对我阿谀奉承。
我愿自己的身与名同卧荒丘,
免它苟行于世令你抱惭蒙羞。
　　对自己的涂鸦之作我深感愧疚,
　　你爱了不值之爱也觉抬不起头。

73

你在我身上会看到这个时候，
那时零落的黄叶会残挂枝头，
三两片在寒风中索索地发抖，
荒凉歌坛上不再有甜蜜歌喉。
你在我身上会看到黄昏时候
落霞消残，渐沉入西方天际，
看夜幕迅速将它们通统带走，
如死神替身将一切拘押如囚。
你在我身上会看到这种火焰，
它在青春的灰烬上闪烁摇头，
恰如安卧于临终之榻，待与
那续火的燃料一同烧尽烧透。
　　看到这些，你的爱会更加坚贞，
　　爱我吧，我在世之期已不太久。

74

当地狱阴差有一天自地狱来临
不由分说拘走我，你不必担心，
我的诗行与我生命如藕断丝连，
宛若纪念旧情之物长随在你身。
一旦你重读这诗行，你会看到
我所专门奉献于你的那一部分，
恰如土本应属于土，理所当然，
那就是我的精粹，是我的精神。
因而，我的肉体一旦泯灭消失，
你失去的只不过是生命的渣滓，
是蛆虫之食和恶棍刀下的懦夫，
太卑贱了，真不配你口诵心记。
　　我这微躯所值全赖有内在之魂，
　　忠魂化诗句，长伴你度过余生。

75

生命需要食粮，你哺育我思想，
好比春天酥雨为大地注满琼浆。
我珍视你友爱而心中苦痛惊惶，
正好像怀揣金玉之守财奴一样，
或因财大而气粗，志得而意满，
又怕这惯盗时代偷走他的宝藏。
才觉得人间至乐就是与你独处，
忽又希望世人均知我得志情场。
有时饱眼餐秀色饱得如享盛宴，
有时饿眼看情人饿得心里发慌。
天下有诸多快乐我不占也不求，
只独守所得乐，只盼望你奖赏。
　我就这样每日饥饱、欠缺又丰隆，
　　要么饕餮大嚼，要么两腹内空空。

76

为何我的诗缺乏点睛之笔，
行文沉闷呆板，千篇一律？
为什么我的诗不顺应时尚，
玩花样翻新，试奇辞诡句？
为何我总是重复同一主旨，
我所有诗趣总穿同一诗衣？
几乎每个词都打着我印记，
透露我身份来自何地何时。
啊，小亲亲，我笔底明珠，
我只是写你，永不会换题。
竭聪尽智，陈辞总翻新意，
旧曲重弹，故伎今日重施。
　天上太阳，日日轮回新成旧，
　　铭心之爱，不尽衷肠诉无休。

77

镜子会向你昭示衰减的风韵，
日晷会向你指出飞逝的青春，
这空白册页留有你心灵轨迹，
你会从中细味妙谛相伴人生。
镜里的皱纹丝丝，可数可辨，
让你时时记得那开口的墓门。
凭借着日晷你心知星横斗转，
时间的脚步正偷偷移向永恒。
看，凡不能长驻你头脑之物，
都可在这些空白的纸上留存。
你会看到你头脑哺育的儿女，
又再一次魂交你自己的心灵。
　　你若能常对明镜看日晷、写心声，
　　必受益匪浅，这手册也价值倍增。

78

蒙你垂顾我常得灵感的奖赏，
托你的荫庇我这才诗心不僵。
于是另一些诗客群起而学步，
并借你的庇护使其诗作传扬。
你双眸曾教会哑子引吭歌唱，
曾教会沉重无知在高空飞翔，
曾添赠羽毛使学人双翅生风，
倍使高士佳篇更加威名远荡。
然而你引以为豪者是我华章，
它们因你而生，全是你儿郎。
对别人诗作你只改进其诗风，
托你美质，他们才文采飞扬。
　　我的诗艺只不过是你诗魂重现，
　　你让我的粗陋升华到博学高尚。

79

我曾经独自祈求获得你的帮助，
我的诗曾独自承蒙你高雅惠顾；
可而今我笔下不再有绣句珍词，
我那病缪斯已将神龛拱手让出。
甜爱啊，我承认你这可亲题目
须有高人健笔纵横、大书特书，
但写你的诗人尽管有笔下惊雷，
他不过是抢你又还你物归原主。
颂你德，不过偷自你高尚行为，
讴你美，不过取自你双颊凝肤。
他无非将你的原物又还你本人，
离开你他的颂词必然语竭词枯。
　　既然他付给你的无非是归还旧账，
　　那么你对他的作为完全不必褒扬。

80

啊，边写颂诗边觉满怀凄凉，
因为另一高手也在把你歌唱。
为了赞美你他不惜搜索枯肠，
要使我钳口结舌、颓笔无光。
但既然你的德行广阔如四海，
就能容得小船大舶共水同航；
我这轻舟虽万难与艨艟比量，
又何妨随意驶进你海阔天长。
你有浅处，可令我戏波其上，
亦有深处，可供他纵马松缰。
偶遇不测我只是扁舟不须惜，
他却是巨舰宏舶伟樯价高昂。
　　他日里，假如是他得宠我遭放，
　　最坏不过此下场：我爱使我亡。

81

如你先我而逝我当写下你祭文，
如我不幸早衰便安然朽于墓茔。
你纵然仙逝，英名会长在人口，
我名贱身微，当被人忘个干净。
你身虽殁有我的诗章使你长生，
我一旦辞别，当永世化作微尘。
地阔天长，却只赐我孤坟一处，
人心为冢，你在世人眼里葬身。
我笔下诗行，化作你坟前墓碑，
来日方长，自有人细读你碑铭。
纵当今世界万众皆成游魂新鬼，
后世自有千口万舌缕述你生平，
　　凡有活人处，你必定活在人口，
　　你与天齐寿，全仗我笔力千钧。

82

我知你并未和我诗神联姻，
故你大可以披览别人诗文，
看他们如何为你舞文弄墨，
你则以赞许恩威细斟慢评。
你有两美，无论外表学问，
知我颓笔难为你大德写真，
你因此而不得不另请高明，
好将你新时代的肖像更新。
好吧，爱啊，这样倒也成，
让他们施朱著粉辞藻用尽，
你实在之美只被我诗留存，
我辞采淡，吐的却是真情。
　　他们的浓脂可使贫血脸生红晕，
　　但对你的芳容却简直白费苦心。

83

从来不觉得你需要画眉敷粉，
所以我从来不往你脸上贴金；
我发现或自以为发现你丰采
比诗人们的颂词更美妙十分。
于是我忙里偷闲暂停歌唱你，
好让活的你把自己的美证明。
时下摇鹅毛管者显得多愚笨，
空言你有美德却总述说不清。
你将我的沉默看作我的过错，
其实装聋作哑添我荣光数层。
我隐忍不发璧全你美色无双，
他人锦上添花反害卿卿性命。

　　你一只眼睛也暗藏生机万点，
　　不像我俩呆板诔辞煞费苦心。

84

有谁能够吐出更美的颂词
超过这句"只有你才是你"？
在谁的禁宫中有如此宝库，
会随着你的宝贝涨缩合宜？
那一管笔中所藏贫瘠无比，
难滴出些许铅华赋赠母题。
唯颂你者省识"你才是你"，
其诗威方能与你并驾齐驱。
且让他只把你当原稿抄录，
别把造化结晶品损坏抛弃，
这样的摹品使他艺名鹊起，
普天下唯他诗风所向披靡。

　　你应该对你美的祝福加以诅咒，
　　贪图恭维，恭维价值就会降低。

85

我的缪斯缄口不语自有分寸，
其他诗人歌唱你都竭力嘶声。
瞧他们奋笔挥洒下灿灿诗行，
似有全体缪斯助其琢玉雕金。[1]
我信言不美，他们美言不信，
用生花妙笔写下积卷的颂文，
我似教堂里领众应答的白丁，
对才子颂词一口一声"阿门"。
凡称道你者，我都说"不错，
当真"。颂诗纵已好到极顶，
我还想增辉。这只是我心意，
虽未出口，但真爱实已先行。
  你且尊重他们，由于他们雕章琢句；
  尊重我，因我以行动代替无声言词。[2]

86

难道他的诗帆已长驱直入你苍溟，
先声夺人俘获你价值连城的芳心？
可怜我情思万种却只能愁锁脑际，
忍叫化育情思的子宫变作了荒坟。
难道是他的诗心受到了鬼使神差
写下超凡的诗句，令我落魄伤魂？
不，不是他，也不是夜半的精灵
曾助他一臂之力使我的诗思告罄。
他和那个伸出了援手的和蔼幽灵
都不能夸口曾昼夜用智共举奇兵，
遂使我情场败北，无奈缄口如臣，
因而我镇静自若，不诧也不心惊。
  但当他的劲作占据了你的心门，
  我无门可进，软搭搭没了精神。

---

1 琢玉雕金：原文是 with thy golden quill（用金色的笔）。此处为意译。——译者附注
2 以行动代替无声言词：通过行动来说话。

87

啊再会吧，你实在高不可攀，
而你对自己身价也十分了然。
你德高望重，可以不受拘束，
我们原订的盟约就只好中断。
没有你承诺我岂敢对你造次，
那种财宝我岂能动非分之念？
我既无堂皇理由接受这厚礼，
故请收回你给我的特许之权。
你贵而不自知这才以身相许，
错爱我，使我侥幸称心如愿。
判断失误，遂使你误送大礼，
今明断再三，终得礼归人还。
　　好一场春梦里与你情深意浓，
　　梦里王位本在，醒觉万事空。

88

若有天我在你心中一落千丈，
昔日长处只赢得你轻慢目光。
那时，我必当奋起反抗自己，
忘掉你的负心，证明你高尚。
对自己的缺点我最知道内情，
为保护你，我可以编造撒谎，
硬说我内藏奸诈、人所不齿，
你因失掉我而赢得人们赞扬。
我这样做了，也会别有补偿，
虽然这样的设计将自己损伤，
但既然我全部爱心在你身上，
伤我即保你，保你我就沾光。
　　一切属于你，我的爱就是这样，
　　只要为你好，我情愿蹈火赴汤。

89

说你负心是因为我自己有罪，
我愿意对你的冒犯文过饰非；
说我腿瘸，我立刻跛足行走，
对你给的指摘绝不加以反对。
爱啊，若你想造成体面结局，
因而需要搞臭我自己的名声，
莫污口相喷，许我自辱其身。
我既然已参透你暗藏的心事，
乞忍痛绝交，相互形同路人。
躲开你，不再提你芳名尊姓，
免得我对它过分亵渎、不敬，
不小心透露了我们旧有交情。
　　为你我发誓与自己来场恶斗，
　　凡你所憎恶者我当疾恶如仇。

90

你要恨我就恨吧，立刻开始，
反正世人现在都想和我为敌，
你可和厄运联手强令我折腰，
别等我倒霉之时再落井下石。
啊别，当我的心已不再悲戚，
不要让旧伤痕再添上新忧思，
不要让暴风夜续接黎明急雨，
注定的厄运，何苦延宕拖迟。
你若要抛弃我，别拖到最后，
别让我忍受春水长流的轻愁，
要来一齐来，好让我一开始
就把厄运最苦的滋味尝个够。
　　其他各类忧伤尽管也像忧伤，
　　但和失你相比不过小事一桩。

91

有人因门第贵，有人因才智彰；
有人富比东海，有人力大无双；
或自炫华装，不觉其丑陋式样；
或溺志于鹰犬，或马背乐泱泱。
人生各有其癖便自然各有其乐，
人皆以为己之所乐为万乐之王。
然一切这类快乐都非我的理想，
我将这一切快乐全都汇为一汪！
你的爱对于我远胜过高门大第，
胜过万贯金银，胜过华服奇装，
比起鹰犬、比起马更令我心醉，
一旦拥有了你，我便福乐无疆。
　怕只怕你若一朝将这一切拿走，
　则万事皆休，天下皆乐我独愁。

92

但是你可以不辞而别铁了寸心，
反正今生今世你已经是我的人，
我的生命期不会长过你的情爱，
因为是你的爱使我在世间苟存。
既然你蹙眉就足以致我于死命，
我又何须惴惴不安惧浩劫来临？
既然天堂之门可让我驻足其内，
我又何须在世只看你脸色生存？
既然你一变心我就会小命不保，
我何须自寻烦恼惧你覆雨翻云？
哦，我已找到多么幸福的权利，
幸福地拥有你爱，幸福地丧生！
　但天下哪会有十全十美的事情，
　我或许蒙在鼓里不知你有二心。

93

那我还得像被骗丈夫继续生存，
假定你是忠实的，有脉脉温情，
虽今非昔比，似脸上仍有留春，
只怕你目光看我，心却在比邻。
既然你的眼睛不可能窝藏仇恨，
我又如何能够猜透你已经变心？
有许多人脸上藏不住内心变化，
皱眉蹙额，每一神态流露隐情。
但上天在造你时却早已经决定
教你脸膛之上永远有甜爱微熏。
无论你心胸中如何地翻江倒海，
你总有甜蜜的表情、神闲气静。

　假如你的德行和外表不那么相称，
　你的美就和夏娃的苹果甲乙难分。[1]

94

他们本有能耐害人却无害人心，
他们很像要做某事却总不做成。
让他者动心，自己如磐石安静，
冷漠不动，视诱惑如怕火烧身。
唯有他们能够继承上天的美质，
使造化的财产能免消耗而长存；
他们是他们自己的美貌的主宰，
别的人只是看护其美色的园丁。
夏日的花朵总把芬芳献给夏日，
它们自己却是吐尽香艳便凋零。
但是，若花儿不幸染上了瘟病，
最卑贱的野草也比它高贵十分。

　再香的东西一旦变质就臭不可闻，
　百合花一旦腐朽就比野草还可恨。

1　典出《圣经·旧约·创世记》第 3 章第 6 节：伊甸园内长有外观悦目而内藏邪恶（智慧、知识）
　的苹果。人类的祖先亚当（Adam）和夏娃（Eve）偷食后被上帝逐出伊甸园。——译者附注

95

你让羞耻变得多么可爱清甜，
让它像虫儿深埋在玫瑰芯间，
使含苞欲放之美名蒙上污点，
啊，你让罪行戴上柔美花环！
那条专揭你阴私的不烂之舌，
想要对你散布些猥亵的流言，
也被迫用赞美话掩盖其责难，
邪话味甜，因有你美名妆点，
啊，恶行所寄寓是一栋大厦，
这庇护之所真是称它们心愿，
其中美的面纱遮住每个污点，
一切可见物都显得美丽非凡。
　　小心啊，心肝，小心使用这特权，
　　刀子虽利，使滥了刃也会钝会残。

96

有人说你错在年少浪荡，
有人说你美在年少情长，
美和错反正都受人赞赏，
你的错反使你美色增光。
如同女王手上所戴珠宝，
再粗劣也会受到人颂扬。
你身上过失情形也一样，
被人看作德而受到捧场。
若狼之狰狞换羊之温驯，
多少羔羊陷入恶狼魔掌。
若你使尽全身勾引力量，
多少人会当沦落风流场！
　　你千万别这样，我爱非比寻常，
　　我拥有你，就该拥有你好名望。

97

你是这飞逝年华的快乐与期盼，
一旦离开你，日子便宛若冬寒。
瑟缩冰冷攫住我，天色何阴暗！
四望一片萧疏，满目岁末凋残。
可这离别的日子分明是在夏季
或是在孕育着富饶充实的秋天，
浪荡春情已经结下了晶莹硕果，
好像良人的遗孀，胎动小腹园。
然而，这丰盈的果实在我眼中，
只是亡人的孤儿，无父的遗产。
夏天和夏天之乐全都听你支配，
你一旦离去，小鸟也缄口不言。
　　它们或轻启歌喉，只吐声声哀怨，
　　使绿叶疑隆冬将至，愁色罩苍颜。

98

是在春天的时候我离开了你，
那时缤纷四月已披上了彩衣，
连忧郁农神也含笑翩翩起舞，[1]
啊，天下万物处处注满生机。
但不管是百花斗彩扑鼻奇香，
也不管是悦耳醉人莺歌燕语，
都不能使我采摘怒放的花朵，
或讲述有关夏天的任何故事。
我也不企羡那百合花的洁白，
也不赞叹那红玫瑰色艳香奇。
它们是你摹品，有香馨雅态，
何敢比你原型，你万美皆具。
　　于是我仍身处隆冬，只因你在异地，
　　我与众花嬉玩，若寄情于你的影子。

1　农神：即萨图恩（Saturn），在星相学中象征沉闷、忧郁、衰老与死亡。

99

我对早开的紫罗兰颇有微词：
温柔贼，若非取我爱人气息，
你何处偷得奇香？殷红淡紫
在你那柔嫩之颊上抹出流韵，
全仗你用我爱人的血脉染成。
我斥责薄荷香取味于你秀发，[1]
我斥责百合花盗用你的晶莹，
看荆棘丛中的玫瑰惭然发抖，
白是你的绝望，红是你娇羞，
不红不白者，显属两色兼取，
何止取色，连你的温馨也偷。
却不料得志花儿如窃者当诛，
为复仇，花虫咬断了它咽喉。
　　曾见过鲜花万朵傲然怒放，
　　没一朵不借你的秀色浓香。

100

缪斯何在？你为何许久以来，
沉默，竟把你力量源泉忘怀？
你徒费狂放诗情于陈词滥调，
让你的诗威屈尊于卑贱题材。
归来吧，健忘诗神，奏壮歌
一曲赎回那虚度韶华的时代。
将你的歌唱传向知音者耳朵，
是他们赋予你健笔主题文采。
起来，慵困诗神，且看我爱
的脸上有否岁月的沟渠铺排。
若有，请写下讽刺衰朽之诗，
好让时光的暴行处处无人睬。[2]
　　快趁残生犹在，使我爱名声远扬，
　　你就再也不怕无常横剑刈老除衰。

1　薄荷香：原文为 marjoram，指甘牛至或牛至，有薄荷芳香。译文活译，因中国人多半知道薄
　　荷香味。——译者附注
2　暴行：原文为 spoils，含义有二：1）劫掠品；2）暴行。

101

啊，诗神，有种真浸染于美，
你却不纵情讴歌，该当何罪？
真和美都仰仗我的爱而生存，
你也一样，也靠它而作花魁。
回答吧，诗神，你干吗不说，
"真自有其色，不必另外增辉，
美自有其真容何须借重画笔，
天下至美，本不需杂色相随？"
难道因他不需赞词你便噤口？
别，别再沉默，你本有神威
让他的英名留芳于千秋万代，
纵那时镀金坟墓已变为土灰。
　　诗神，启开歌喉吧，听我的忠言，
　　让他百代之后，依然美誉满天飞。

102

我的爱内强于心外弱于身，
脸上冷淡，心有恋火飞腾。
爱既不是商品，爱者何须
四处吹嘘其价值鼓舌摇唇。
想起我们初恋时正值阳春，
我总唱着歌迎接爱的来临，
有如夜莺婉转鸣啼于初夏，
要到夏末之时才停止歌吟。
不是说此夏不如当年惬意，
她那时的哀调使万籁无声。
而今则百鸟狂噪孤枝欲坠，
俗曲儿太多必失宠于心庭。
　　我于是学夜莺，偶尔双唇紧闭，
　　以免我用过多的曲儿使你烦心。

103

唉，我的诗神可趁机纵横诗坛，
却谁知到头只写出平庸的诗篇，
它的题材本身其实就价值无比，
有了我的颂词却贬值不如从前。
啊，如我不复写作，请勿责难，
照照镜子吧，镜中本有一张脸
远远超过我这钝拙的涂鸦之作，
狼藉了我的声名使我诗趣大减。
好端端的题材反失于修修补补，
我茫然：自己是否已成了罪犯？
我的诗之为诗，只为要颂扬你，
颂扬你天成的美貌与出色才干。

　　你有镜子，照照你自己的镜子吧，
　　我的歪诗所写远不如你镜中所见。

104

俊友良朋，我看你永不衰老，
自从我第一次和你四眸相照，
你至今貌美如初。三冬之寒
已从疏林摇落了三夏之妖娆，
三度阳春，曾转眼化作金秋，
我，曾踱过了时序轮回之桥，
看三回四月芳菲枯焦于六月，
而你仍鲜丽如昔似叶绿花娇。
唉，叹美色暗殒如时针流转，
不见其动，却偷渡钟面几遭。
那么，你虽然貌似艳丽如旧，
或骗过我眼，暗地风韵渐消。

　　唉，忧从心起，劝后人听我忠告，
　　你们尚未出世，美夏已死在今朝。

105

别说我的爱只是对偶像崇敬，
也别把我爱友说成祭坛天神，
尽管我所有赞美歌千篇一律，
讴之颂之，一个调唱到永恒。
今日爱人善良，明日也如此
有美伦妙质，越千古也常新。
所以我的歌只歌唱坚贞不渝，
长诵一主题，哪怕千声万声。
美善真，淘尽我胸中的诗句，
美善真，概括我全部的诗魂。
纵横衍变，耗尽我壮采奇思，
三题合一，直令人神往心驰。
　　美善真，从来独立各擅其长，
　　在今日，喜见三长共体同彰。

106

曾翻阅过远古史册的零篇残卷，
见往昔的美人留踪于字里行间，
古谣之美在于它讴歌的便是美，
风流骑士与佳人都曾笔底生辉。
镂句雕章，早写尽了天姿国色，
毫端翰墨临摹尽眼唇手足双眉，
如椽画笔分明想画出美妙之身，
一如你今日展现风采倾国倾城。
往古的一切赞词都无非是预言，
预言这个时代，预言你的诞生。
古代诗人还只能想象你的风韵，
要歌颂你价值还缺乏足够才情。
　　即便是我们，今日有幸亲睹尊颜，
　　也只能望而兴叹，恨无妙语惊人。

107

无论是我的顾虑还是苍茫乾坤
预知未来事物发展的先知之魂
都不可能限制我的真爱的期限，
尽管有人说爱终究会化作荒坟。
人间月亮已安然度过月食之灾，[1]
预言不祥者反使预言沦为笑柄。[2]
疑虑丛生而今转变为信心百倍，
象征和平的橄榄枝将永世长存。
今朝欣逢这盛世甘露，我的爱
焕然一新，死神对我俯首称臣。
它虽会战胜愚钝无言芸芸众生，
却莫奈我何，我能借歪诗活命。
　　你也能凭我的诗行如坚碑长在，
　　暴君的勋徽与铜墓将化作埃尘。

108

只要我脑中所想能够成为诗文，
有哪样不曾用来向你述我真心?
表达我的深爱，描摹你的美艳，
可怜声音文字再不能花样翻新。
虽如此，宝贝儿，我仍将日夜
念经似的叨念同一篇爱的经文。
老调总重弹，你属我，我属你，
说了又说，若当初敬颂你芳名。
于是在簇新爱匣中的永恒之爱，
自可避年岁带来的磨损与灰尘，
自能免皱纹唐突挤占一席之地，
好使暮年残月永伴不死的青春。
　　尽管时光与外貌难遮掩爱的死相，
　　那最初一缕爱叶却永远不会枯黄。

1　国外莎学界有人认为，"人间月亮"可能有七种影射: 1）西班牙无敌舰队（1588 年）; 2）
　伊丽莎白女王; 3）女王政躬违和（1599 年）; 4）埃塞克斯伯爵（1601 年叛乱未成）; 5）
　女王之死（1603 年）; 6）某次月食（例如 1595 年）; 7）女王恩宠之消失。认为指伊丽莎
　白女王的学者颇多。西人多以为，人的命运七年一个关口，63 岁为大关。1596 年，伊丽
　莎白女王度过 63 岁大寿，故有学者认为此处暗示伊丽莎白女王已经平安无恙。此处只能存
　疑。——译者附注
2　本行原文为 And the sad augurs mock their own presage，直译为"阴郁的占卜师嘲笑自己的
　预言"。译者按: 这里的 the sad augurs 是复数，究竟何指，注家有争议: 1）指若干占卜者;
　2）指预言不祥的政客。此外，mock 可解为 bring into contempt（使……受到鄙视）。译诗取
　第二解加以意译，但附第一解于此，使两解同存。——译者附注

109

啊，千万别说我曾假意虚情，
尽管别离似曾使我情火降温。
我离不开肉体如离不开灵魂，
而我的灵魂却在你胸中扎根。
你胸膛是我爱的家园，如果
我曾像天涯浪客今日回家门，
不迟不早，不因时改变心身，
我带来净水洗净我罪恶污痕。
尽管我天生有世人一切弱点，[1]
但请千万不要相信我的性灵
会如此荒唐无稽到近乎卑鄙，
竟因小利抛弃你这异宝奇珍。
　　广宇浩瀚对我来说不值一文，
　　只有你这玫瑰是我凡尘命根。

110

唉，不错，我确曾四处周游，
当众献技，扮演过斑衣小丑，
自轻自贱，把最珍贵者抛售。
为交新欢，不惜与旧友成仇。
老实说，我曾横眉冷对忠贞，
但上天为证，我的荒唐不经
却使我的心儿重温韶华之梦，
恶意考验证明你最值得倾心。
一切去了，请受这永恒之爱，
我将绝不再让自己欲火飞腾，
绝不妄试新欢，验旧友情愫，[2]
旧情于我是牢笼我爱的天神。
　　你这人间天堂，请将门大开，
　　让我拥入你纯洁至亲的胸怀。

1　弱点：指道德瑕疵、天生气质、性欲等。
2　妄试新欢：暗指做爱。

111

啊，愿你为我责难命运女神，
她是造致我行为不端的总根。
她不曾眷顾改善过我的生活，
却让我的生计举止如同庶民。
于是，我的名字便不免蒙羞，
我的天性的棱角也快要磨平，
如染匠之手遇外色屈从环境，
可怜我吧，祝愿我获得新生，
我当如染病者般甘心吞服下
一剂剂醋药，以便治病防瘟。[1]
良药再苦，我也不觉得是苦，
双重惩罚吧，但求改过自新。
　　可怜我啊，挚友亲朋，请相信，
　　你的怜悯将使我不再病魔缠身。

112

借得你真爱和怜悯，我当抹尽
流言长舌在我额上烙下的污痕；
但蒙你青眼相顾为我文过饰非，
何须在意对我说长道短的世人？
你既是我整个的世界，我必须
亲耳听到你对我的颂扬和批评。
我视世人皆亡，世人视我已死，
还有谁能以善恶改我铁石之心？
我已把旁人的品头论足都抛入
万丈深坑，我像聋蛇充耳不闻[2]
恶意的诽谤，或是善意的奉承。
我这样超然冷漠，自有其原因：
　　你如此深深地扎根在我的心底，
　　我想，除你外全世界都已丧生。

1　伊丽莎白时代人相信醋能防疫治病。——译者附注
2　典出《圣经·旧约·诗篇》第 58 篇 4—5 节："他们好像塞耳的蝮蛇，听不到行法术者的声音。"——译者附注

113

异地而处后我的眼睛进入心庭，
从前是它指挥着我于四处前行，
如今它却形同半盲，不守职分，
虽睁大眼皮，却什么也看不清。
花鸟或种种姿态分明眼前飘过，
眼却留不住形状以便传给内心。
心儿无缘拥有那些过眼的物景，
眼儿无法把映入眼帘之物留存：
无论所见事物多么粗俗和雅致，
无论它们多么美妙、多么畸形，
也无论它们是山海或白天黑夜，
是鸦是鸽，它全幻化作你形影。
　　满心里装着你，再难容其他事物，
　　我这真诚之心，就这样使我盲目。

114

占有你我便富比王侯，我心灵
或因此染上帝王自我阿谀之病?
或许我应说还是眼睛的话儿真?
因你的爱使它们学会点石成金，
使妖魔也能化作天使般的婴儿，
美貌又温存，恰如同你的自身，
使天底下目力所及的一切事物
纵然丑恶，但转眼便美奂无伦。
哦，答案是前者，是眼睛谄媚，
我这伟岸的心灵把它一口吞尽。
我的眼睛深深知道心灵的胃口，
所以按照它的口味备下了杯羹：
　　倘若羹中有毒，所涉罪也较轻，
　　因我眼睛喜欢，早将味儿先品。

115

曾写过说我爱你到极点的诗行，
我今儿却要宣布这些全都是谎。
可我那时候的确说不出个道理，
为何日后我的情火会烧得更旺。
假如我当时想到过有变故万千
会改变了圣旨，会让盟誓更张，
会丑化美人，让大略雄图泡汤，
壮志凌云，终难改时序之无常，——
唉，震慑于时间的专横与暴戾，
我那时怎不说"我今欲火最强"，
既然那时候我已感觉胜券在握，
何不功立当下，管甚来日方长？
　　爱是婴孩；那时我的话不可能这样，
　　为的是那成长中的婴儿更茁壮成长。

116

啊，我绝不让两颗真心被障碍
难成百年之好。爱不算是真爱，
若发现情况有改，便立刻转向，
若发现对方变心自己立刻收场。
啊不，爱是灯塔永远为人导航，
虽直面暴风雨却绝不动摇晃荡。
爱是星斗，指引着漂流的迷舟，[1]
其方位纬度可测，其价值难求。[2]
尽管红颜皓齿逃不过无常镰刀，
爱却绝不是受时光愚弄的小丑。
韶光流转多变，爱却长生不改，
雄立万世千秋直到末日的尽头。
　　假如有人能证明我这话说得过火，
　　就算我从未写诗，世人从未爱过。

1　星斗：此处指北极星，航海家们常以其方位判断航向。
2　方位纬度：原文是 height（高度），大多数的译本也都直译作"高度"，这是可以的。但一些英文注本专门将 height 注释为 altitude，显然是想与一般的高度概念相区别，例如海拔高度等。这里可试译作"方位纬度"或"天文纬度"之类。以备一说。——译者附注

117

恨我骂我吧，对你的大德恩威，
我当追思图报却至今碌碌无为。
每天每夜我对你至爱不曾稍减，
可我总忘记赞颂你深情和妩媚。
我虚掷了你那千金难求的真情，
却不惜屈尊俯就结交无名之辈。
我姑且张帆举棹，任八面来风
吹送我离你而去远渡海角边陲。
现在，请记下我的任性和错误，
你好拥有足够的铁证将我合围。
你大可以任性对我蹙眉又瞪眼，
万不可盛怒之下叫我尸骨横飞：
　　因为我的状纸写得分明，无非要证实：
　　你的爱真，真到今生无悔，百折不回。

118

正好像为了有更好的胃口，
我们常用酸辣味刺激舌头，
或为了防范那潜在的疾病，
服泄药用假病把真病赶走。[1]
因吃饱你永不腻味的甘甜，
我转而把苦味的食物消受。
健康太久，觉得生病也好，
虽说本来不必有这种需求。
爱的本意是防止未发疾病，
不料此法使疾病弄假成真：
好身子却偏要受罪于药石，
原本是善却要让恶来治理。
　　不过，我倒因此获得真正开悟，
　　谁若厌倦你，药石也变成剧毒。

---

1 文艺复兴时期，欧洲人常用泄药来预防疾病。泄药性烈，人饮后周身不适，如染疾病。——
　译者附注

119

曾喝过几多塞壬女妖的泪珠，[1]
它们像从地狱般蒸锅里蒸出。
以恐怖当救星，希望治恐怖，
眼看成功，却总是败绩中途！
在我自以为最最幸福的时光，
我的心却常铸下难堪的错误！
我曾这样地病狂到头脑昏昏，
使我的双眼几乎要夺眶而出！
哦，此即恶的益处，我醒悟，
美好者因恶反倒能美名昭著；
碎了的爱有朝一日破镜重圆，
还可比从前更美更烈更突出。

　　所以我虽受谴责反而志得意满，
　　因堕落能使我三倍地因恶得福。

120

今日得福于你过去对我的无情，
回首当初，我曾感到多么伤心，
至今难以承受自己过失的重负，
因我的神经毕竟不是钢铁铸成。
若我曾像你这样对我无情相待，
那你就会至今还在炼狱里栖身。
我这粗心的暴君竟然从未偷空
把你对我伤害的程度加以权衡。
但愿我们凄凉的夜晚还会记得
你残酷打击深深刺伤我的心灵，
我于是立刻仿效你并奉献歉意，
它如药膏可医治你受伤的胸襟！

　　你那时的过错而今变成了补偿，
　　我的赎你错误，你的赎我罪行。

1　塞壬原为希腊神话中的女妖，惯以动人的歌声引诱航海者触礁。这一典故意味着女人之泪或
　　置人于险境。——译者附注

121

冰清玉洁却反蒙不辩的沉冤，
倒不如作恶又不受恶名牵缠；
所谓合法爱的快乐早已消失，
它徒投俗好，无视我们情感。
为什么别人挑逗淫秽的目光
要把我动荡不安的天性点燃？
为何更脆弱者要窥视我弱点，
将我以为善者恣意称为卑贱？
不，我是我，他们恶言相加，
不过是暴露他们的丑恶嘴脸。
他们可弯腰，我要挺直腰杆，
他们龌龊之思非我行为评判！
　　除非他们坚信这样一种异端：
　　人皆是坏蛋，作恶是其本钱。

122

我心里记着你送我的留言本，
其中的每字每行都写得分明，
其品位高居于一切留言之上，
将凌越千秋万代，直到永恒，
或者至少会延续到那么一天，
当心和脑再也不能正常运行。
只要二者没遗忘掉你的一切，
关于你的记录就一定会留存。
可怜笔记本容不下太多东西，
我也不需其他手段保你真情。
因此我不再依靠你那留言册，
却相信更妙的手段是我的心：
　　若只有靠备忘录才能记住你，
　　这岂非暗示我是个健忘的人？

123

不！时光，休夸口说我在更新。
你纵有更强力量把金字塔建成，[1]
照我看，它们不新鲜、不稀奇，
顶多只不过是旧景换上了新衣。
世人的一生太短，所以你即使
用陈词滥调，我们仍艳羡不已，
认为那是我们情之所钟的东西，
却不愿意相信它们是旧话重提。
对你对我的记录，我一概排斥，
既不惊羡当今，也不惊羡过去。
你的记录和当下所睹都是谎言，
多多少少是你行色匆匆的遗迹。
　　我现在立下重誓且守誓到永恒，
　　你的镰刀虽锋利我却万古忠诚。

124

若我的真爱只结胎于时势和环境，
它就是命运私生子，找不到父亲，
或卑贱如同野草，或跻身于丽苑，
几多升沉冷暖，无奈地与世浮沉。
哦，不，我的爱不会受机缘影响，
它既不会由于顺境而反遭到厄运，
也不会因潦倒于愤世而积怨不平，
这种不平是流行于本朝的忧郁病。
它不惧怕那些患得患失的弄权者，
如异教徒出租房屋赚取片时碎金，
不，它只是卓然鼎立，远虑深谋，
不因骄阳而长，也不遭灾于雨淋。
　　为我的话作证吧，趋炎附势的痴人，
　　你们或为善而死，或至今为恶而生。

1　有更强力量把金字塔建成："更强力量（newer might）"指更现代的力量，包括人员、技术等。金字塔：这里泛指像金字塔一样雄伟高大的尖型建筑物，例如尖塔（spires）、塔楼（pinnacles）、方尖碑（obelisks）等。有注家认为，1603 年，为纪念詹姆斯一世（King James I）加冕，伦敦曾建筑高大的方尖碑。莎士比亚此语或影射此点。——译者附注

125

我高举华盖，只想用外表来张扬
堂皇门面，或是为所谓百世流芳
奠下伟大根基，这一切有什么用？
到头来无非是更快的毁灭与荒凉。
难道我不曾目睹租借表面排场者
赔尽了血本仍敌不住租金的高昂？
厌倦了单调乏味，偏求杂拌浓汤，
穷困富翁荡产倾家只图表面辉煌。
不，让我忠诚在你心中长保不衰，
收下吧，我这里把绵薄贡品奉上。
它只是我们之间推心置腹的赠礼，
毫不含次品杂质，可谓朴实无双。
  哦，你们这些诬告诽谤者，滚开吧，
  真心似金，岂是你流言之火所能伤！

126[1]

啊，好伙计，时间的镰刀和沙漏
现在都已牢牢地受制于你的双手，
时光飞逝正反照出你在茁壮成长，
你情人在凋零，你自己蒸蒸日上。
如果掌握着生杀予夺大权的自然
正把你从人生的道路上往回驱赶，
那她只是为了保存你而让你看到
她的绝技能使时间倒流挡住分秒。
你虽是她宠儿却也惧怕她的权威，
她能暂留却不能长保宠爱的宝贝。
她尽可拖欠时光却总会还清账目，
清偿日子一到，她只有把你交出。
  （   ）
  （   ）

---

1 此诗原作仅 12 行。一般莎评家认为此诗也是莎士比亚十四行诗集中致男青年的最后一首
   诗。——译者附注

127[1]

从前，黑色绝不能与美色并排，
它即使真美也不能挂美的招牌。
而今黑色成了美的合法继承者，
美受到指责，被骂为杂种怪胎。
既然人人都在暗借自然的威风，
巧用艺术的假面来为丑色美容，
美失掉好名声，不再受人供奉，
即使不受辱，也蒙受世人不恭。
所以我的情人拥有乌黑的双眉，
乌黑的眼睛，仿佛黑衣追悼人
伤怀丑而善饰者，此辈以虚美
而欺世盗誉，令造化真容受损。

    然而，他们浑然一体的哀容与哀心
    却使众口一词：唯真美才如此相称。

128

你是我音乐，你在幸运琴键上
弹奏乐章，轻柔手指拂过键盘，
于是琴弦上随指泻出一串清响，
直叫我耳神迷乱听了乐得发狂，
我常常多么羡慕那些轻灵琴键
跳荡起伏亲吻着你柔嫩的指掌，
而我焦渴嘴唇却无缘窃玉偷香，
我只能羞对大胆琴键兀立一旁。
心痒难熬，我但愿自己的双唇
能够与那欢跳的琴键易境换装，
只因为你轻盈的手指一旦掠过，
虽使枯木逢春，却使活唇凄凉。

    既然放肆的琴键因此而快乐无比，
    给它们手指，我则把你芳唇品尝。

1　从此诗起到第 152 首，诗的主题涉及一位黑肤女人。——译者附注

129

损神，耗精，愧煞了浪子风流，[1]
都只为纵欲眠花卧柳，
阴谋，好杀，赌假咒，坏事做到头；
心毒手狠，野蛮粗暴，背信弃义不知羞。
才尝得云雨乐，转眼意趣休。
舍命追求，一到手，没来由
便厌腻个透。呀，恰像是钓钩，
但吞香饵，管叫你六神无主不自由。
求时疯狂，得时也疯狂，
曾有，现有，还想有，要玩总玩不够。
适才是甜头，转瞬成苦头。
求欢同枕前，梦破云雨后。

唉，普天下谁不知这般儿歹症候，
却避不的偏往这通阴曹的天堂路儿上走！[2]

130

我情人的眼睛一点不像太阳，
即便珊瑚也远比其朱唇红亮，
雪若算白，她胸膛褐色苍苍，
若美发如金，她满头黑丝长。[3]
曾见过似锦玫瑰，红白相间，
却见不到她脸上有这样晕光；
有若干种香味叫人闻之欲醉，
我情人口里却吐不出这芬芳。
我喜欢聆听她声音，我明白
悦耳音乐比她的更甜美铿锵。
我承认从没有见过仙女步态，
反正我爱人只能在地上徜徉。

老天在上，所谓美女盖世无双，
与我爱人相比，至多旗鼓相当。

1 损神，耗精（Th'expense of spirit）：spirit 指性命攸关的能量、精力或精液。expense 本义为"损耗"，此处指"射精"。注意，同行中有 waste（废物，垃圾），与 waist（腰部，下身）谐音双关，waist 指射精行为发生的处所。原文行末的 shame 有"让人感到羞愧、耻辱"的意思。——原注（注意：关键词 spirit 不宜望文生义地误译成"精神"。——译者附注）
2 阴曹：原文为 hell（地狱），在这里是文字游戏，俚语中意为"阴道"。——原注（按：不译"地狱"而译作"阴曹"，也意在部分取"阴道"的谐音。此诗译文略有词曲风味，与第 66 首同类。词曲风味体多长短句，难以整齐划一。——译者附注）
3 美发如金：当时诗人常以金丝喻女人之金发，故有此说。——译者附注

131

有的人残暴因为有美色作资本，
平庸如你，竟和她们一样专横；
只因为你知道我已爱迷了心窍，
总是把你视作世上的至美奇珍。
可实话实说，凡见过你的都讲，
你的脸儿还难以使人一见倾心。
尽管我私下里绝不信他们胡说，
可却不敢公然推翻他们的讥评。
我发誓我说的话完全可以当真，
只要想到你的娇容，万千叹息
便不绝如缕涌出我口为我作证：
我看你的黑可与天下绝色同尊。
　　你其实一点不黑，黑的是你的骄横，
　　我想是因为后者，诽谤才应运而生。

132

我爱你眼睛，它们知道你内心
用轻蔑折磨我，于是对我同情，
它们披上黑衫，似为痴情者悼，
睁大怜悯眼，忍看我黯然伤魂。
长空的朝阳托出东方的鱼肚色，
如天衣无缝，而暮色的黄昏星
也把清辉洒向浩浩空冥，待与
西天的残霞平分这入夜的宁静，
但你泪眼的芳容比这一切更美，
哦，既然伤怀会使你美色倍增，
那么就让你的心也来为我哀悼，
好使怜悯与你全身如和弦交鸣。
　　那时我将发誓说美就是黑本身，
　　谁缺少了黑谁就是人间的丑人。

133

134

我诅咒那一颗使我的心受伤的心，
它曾留给我和我朋友深深的伤痕。
你本可以让我独自一人喝下苦酒，
又何必让我朋友同在你帐下充军？
你那冷酷的双眼已摄走我的魂儿，
现在又霸占我的朋友，我的替身。
我已经不再属于他、你和我自己，
于是对于我三重痛苦就这样降临。
锁我的心在你铁石般的胸腔里吧，
好让我可怜的心保释我朋友的心。
凡拘押我者我的心就是他的侍卫，
故你纵教我入狱也无法对我专横。
　然而你毕竟要专横，因为我植身于你，
　我反正是你的，我一切都是你的收成。

他是属于你的，这点我已经承认，
为填你的欲壑我成为你的抵押品。
甘愿做你的俘虏，好让另一个我
被你释放，我从而感到快乐舒心。
你却不能放他走，他也不想自由。
你虽纵欲无度，他倒也体谅温存。
他本为我作保，才在契约上签字，
却谁知，那契约反把他箍得紧紧。
你的美貌使你能够浪用全部特权，[1]
随心所欲地占用享受抵押的物品，
我的朋友也因我而为你债务缠身，
我连累和失去了他，你控诉得逞。
　我不再拥有他，你却把我们两个夹牢，[2]
　他补上债务漏洞，我却不能自在逍遥。[3]

1　浪用全部特权：指使她自己能无所顾忌地获得性自由。
2　夹牢：文字游戏，意为"与……性交"。
3　补上债务漏洞（pays the whole）：表面含义是"补上了所有的债务漏洞"，实际上是双关语，
　意为"满足了她的性欲"。whole（全部债务）的发音与 hole（洞）一样，暗示阴道。

135

女人有心欲，你就会有意欲，[1]
多重欲，多量欲，多余之欲；
我是那搅得你心神不宁之人，
想把过量欲火放进你的欲池。[2]
你的欲界既然如此大度宽广，[3]
何不赏脸让我偷偷进去一次？[4]
难道别人意欲那么逗人喜爱，
独独我的意欲难蒙你的荫庇？
大海满满是水照样接受雨水，
好使它的积水更加汪洋恣肆；
你意欲虽多，何妨添进我的，[5]
好扩大你欲界使你欲海无际？[6]
  别，别无情拒绝求爱的风流种，
  万欲无非是欲，我欲本可共栖。

136

若你灵魂骂我贴你贴得太亲密，[7]
就对瞎眼灵魂说我原是你心欲；[8]
你的魂儿知道，心欲理当在此，
为了爱且让我心欲有圆满甜蜜。[9]
我这一欲将填塞满你爱的宝库，
除我的欲这宝库还充斥别的欲，[10]
若说起大容器我们凭经验可知，[11]
装得多了，添一个就不算稀奇。
那么让我不计入总数地进去吧，
记住我这欲理应在你库存单里。
我的诚然渺小，也能使你快意，
虽微贱但有柔情对你如胶似漆。
  将我名当你的爱，爱它一世一生，[12]
  我名就是心欲，爱它即爱我本身。

1　此诗及第133首和第136首均不同程度地围绕 will（意欲，意志）一词做文字游戏，色情味甚浓。——译者附注（原注：will 可作数解：1）William Shakespeare 的昵称；2）意愿；3）性欲；4）阳具或阴道。）
2　本行意为"和你做爱"。
3　本行暗指女方阴道太宽大。
4　让我：指"让我的阳具"。
5　我的：指"我的阳具"。
6　好扩大你欲界：好使威尔的阴茎勃起。
7　贴得太亲密：暗示性亲密。
8　瞎眼灵魂：指罗马神话中的爱神丘比特（Cupid），他一般被描述为瞎子。——原注（心欲："性欲"的谐音。原文是大写的 Will，其暗示含义与第135首中 will 的四种暗示含义相同。——译者附注）
9　心欲有圆满甜蜜：让威尔的阴茎塞满女方的阴道。
10　这宝库还充斥别的欲：指和很多男性做爱（塞满了很多阴茎）。
11　大容器：指阴道。
12　名：指性欲。

137   # 138

爱啊，瞎眼的蠢货，你干了什么，　　　　我的爱赌咒发誓说她遍体忠诚，
使我看不见东西尽管把双眼睁着？　　　　我明知此语有假却仍信以为真；
我的眼明知美是什么，住在何处，　　　　这样她就会认为我只是个蒙童，
但却偏偏把极善者错当作了极恶。　　　　对世间的一切骗局从不存戒心。
如果眼睛因过度的偏见受到迷惑，　　　　我于是会玄想她还以为我年少，
在所有男人爱停靠的港湾里停泊，[1]　　　虽然她知道我早已过青春妙龄。
你又为何锻造出虚伪眼睛的锚钩，　　　　我傻乎乎地相信她的胡编乱造，
紧紧钩挂住了我心灵判断的寓所？　　　　这一来，我和她都在隐瞒真情。
为何我的心仍把那港湾看作私产，　　　　然而她为什么不说她话中有假？
既然明知人人可在那里抛锚使舵？[2]　　　为什么我不说我已经老迈无能？
为什么我的眼明明看见了这一切，　　　　唉，爱的堂皇服装是表面忠贞，
却漠然而让丑脸围上真美的绫罗？　　　　年岁大的人最不喜把年龄谈论。
　　我的心和眼在真假是非上犯了错，　　　于是我玩弄她，她也在玩弄我，[3]
　　所以现在只好受虚情假意的折磨。　　　我们互相糊弄，乐在骗里纵情。

1　本行暗指该女和很多男人做爱。
2　人人可在那里抛锚使舵：暗指该女和很多男人滥交。
3　玩弄：原文为 lie（说谎，糊弄；与……睡觉），系双关语，暗指"与……睡觉"。

139

你曾残忍地伤害过我的寸心，
那么别指望我谅解你的暴行，
请用舌头伤我，别用你眼睛，
剐杀随你，公开，别用机心。
啊心肝，你可直言芳心已改，
可别当我面与别人眉目传情。
伤我不需狡计，我势单力薄，
怎可挡得住你心藏百万雄兵？
我为你辩护，呃，我爱知晓
她那流盼的目光是我的敌人，
于是她别转脸蛋将敌阵他引，
好使得他处遭受兵灾的摧凌。

　可是别，别这样，反正我已行将被屠，
　　你就用目光杀我吧，帮我把苦痛除根。

140

当心呀，你可别由着性儿残酷，
我缄口忍耐或难容你过分侮辱，
到时候悲哀化作言辞，如衷曲
述说我心中失掉你哀怜的痛苦。
如果我能教会你学乖巧，那么，
你会言不由衷说你还爱我如初。
就像坏脾气的病人，虽近死期，
仍一味要医生说他会很快康复。
因为，我若不幸于绝望中疯狂，
有可能在狂态里揭你阴私错误。
而今这附逆助恶之世已坏到头，
疯耳朵偏能与疯谎言和睦共处。

　要想我不疯癫，你也不遭逢流言，
　　你看人要正眼，纵心里色胆包天。[1]

1　纵心里色胆包天：原文 proud 有"好色的"之义，heart go wide 则有"心思出轨"（射箭时箭远离靶心）的意思。——译者附注

141

说真的，我爱你并不借助我眼睛，
因为眼睛看到你身上处处是毛病；
不过眼睛所轻视者，心里却在爱，
心不管目之所见，只是爱意日深。
我的耳朵并不欣赏你吟诵的歌曲，
我的触觉无意获快感于你的肉身。
还有味觉和嗅觉都已经变得麻木，
不愿单独得乐趣于你的肉体官能。
然而我的五种心智以及五种感官，
都挡不住我痴心来膜拜你的榴裙。
我现在真是徒有人形，六神无主，
只好默然地臣服于你傲慢的心灵。
　　不过我这爱的瘟病也自有其好处：
　　我犯罪的同时可领略赎罪的痛苦。

142

爱是我罪恶，恨则是你德行，
因为你恨的是我有罪的爱情。
但如果比较一下你我的处境，
你就发现你的仇恨有点过分。
就算你该恨，也不该污尊口，
你唇边的口红早已横遭侵凌，
一如我从前虚盖上爱的假印，
你曾背着我与他人窃玉偷腥。
我爱你跟你爱他们一样合法，
我眼睛缠着你，你垂涎他们。
在你心中注满善良的慈悲吧，
你可怜我你也有被可怜之运。
　　假如你希求怜悯却藏起自己慈悲，
　　别人也会学你样子对你横眉冷对。

143

看，当一只家禽跑出围栏，
细心的主妇拔腿便去追赶，
她放下了孩子，飞奔而去，
紧紧追着她想到手的心肝。
没人照管的孩子随踪其后，
哀号着，而她却一心向前，
穷追不舍眼底逃掉的雄鸡，
毫不理睬孩子可怜的哭喊。
我也是追循你踪迹的孩童，
你则在追逐离你的负心汉，
求你抓住心愿便回身向我，
做个良母吻我，对我慈善。

　啊，只要你回身止住我的悲鸣，
　我就会祝愿你，让你快活无限。

144

我有两个爱人负责安慰和绝望，
像两个精灵，轮番诱惑我心房，
善的那一个是男人，英俊潇洒，
恶的那一个是女人，脸黑睛黄。
为使我早日跨进那绝望的地狱，
邪恶阴柔骗走了我善性的阳刚，
她还唆使我的好精灵化作魔鬼，
用脏污肉欲使其纯真沦为荒唐。
我的天使是否成妖魅，我疑心，
但却不能立刻有一个盖棺定论，
但既然这二人都离我朋比为奸，
我敢说天使已进阴曹地府之门。

　除了瞎猜我永不知那葫芦装什么药，
　除非是恶精灵用梅毒把善精灵吓跑。

145

为了爱神我不禁黯然伤神，
而她却用亲自制造的双唇
对我吐出了一声："我恨。"
但当她看到我悲哀的处境，
便霎时间满怀着慈悲之心，
责备舌头一改旧时的温存，
虽拒绝也应该使措辞委婉，
所以对我也应该客气三分：
"我恨"，她未说完便停顿，
这停顿立刻迎来气朗天清，
先前的暗夜正如同是魔鬼，
从天堂被扔进了地狱之门。

　　她只把"我恨"的"恨"字抛弃，
　　补一句"不是你"便救了我的魂。

146

可怜的灵魂，罪恶躯体的中心，
[..] 反叛的情欲缠绕着你的全身，[1]
为什么你这样深心里强忍饥寒，
却又竭力在你躯壳上涂脂抹粉？
人生苦短，何须惜这副臭皮囊，
为它消耗尽你库藏的所有金银？
到头来无非尸虫承继你的豪奢，
吃尽你的贵体，敢问皮囊安存？
灵魂啊，你可借躯壳损耗延命，
它会瘦，却增加你库内的收成：
用短暂尘世的碎银却买进永生，
休管堂堂仪表，只要喂饱灵魂。

　　于是你将吃掉那吃人的死神，
　　死神一死，死亡便从此消停。

1　这行诗缺两个音节。

147

我的爱像热病，它永远在渴望
能使其热状态总呈高潮的药方，
它总是在吞吃那增热延病之物，
使它翻云覆雨的肉欲如愿以偿。
我的理智是治我热恋病的医生，
勃然大怒，因我搁置他的处方。
理智离开，我这才痛苦地明白：
讳疾忌医的肉欲本身就是死亡。[1]
理智扔下我，我只能病入膏肓，
终日里烦躁不安，几近于疯狂，
无论言谈思绪都有如一个癫子，
徒然以连篇的胡话来掩盖真相。

　可怜我曾坚信你美色光彩灿烂，
　到头来你暗若夜晚、黑如阴间。

148

啊天！爱在我头上安的什么眼？[2]
为什么它面对真相却视而不见？
说看得见，我判断力又在何方？
分明看清，何以判断却很茫然？
如果使我眼所迷恋者真是美景，
如何世人偏要说它们丑陋不堪？
如果所见不美，那我爱等于说：
爱情之眼实不如常人之眼健全。
是呀，爱情之眼如何健全得了？
你瞧，它强睁着泪眼彻夜不眠。
这么说我看不清景象不算稀罕，
就是太阳也须晴日才光照尘寰。

　啊，狡诈之爱，用泪水遮我视线，
　只怕亮眼会把你丑陋的真相看穿。

1 讳疾忌医的肉欲：原文 desire 被皇家版释为"肉欲"或"性欲"，其他版本或释为 desire which refused medicine（讳疾忌医的欲望）。今融会两种意思而译出。——译者附注
2 关于头（head），莎氏有许多隐喻，散见于其剧作中，常具有性暗示。参见莎剧《罗密欧与朱丽叶》第一幕第一场。——译者附注

149

死冤家，你怎说我对你没真情？
要知我自我作践只是讨你欢心，
啊，天杀的，我为你患相思病，
竟全忘了自己本来也是一个人。
难道我曾经认敌为友和你作对？
难道我曾曲意奉承你的眼中钉？
你对我略表厌恶，我立刻会心，
一定愁眉苦脸地把我自己憎恨。
你流转秋波使我欲效犬马之忠，
连你的缺陷也使我崇拜得销魂。
我身上岂能还留存着至美大善，
使我睥睨万物不对你俯首称臣？
　　啊，爱人，你恨吧，我已看透你心，
　　你只爱能看清真相者，我却是盲人。

150

啊，你那魔力来自什么源泉，
尽管有缺陷也主宰在我心间？
你教我把眼见为实称作谎言，
发誓断言光明不曾辉耀白天。
你在何处练成点石成金本事，
可使你的丑行恶状获得遮掩，
显示你智慧无比、威力非凡，
让你的至恶胜过我心中至善。
尽管我的见闻里你丑行日多，
谁授你秘方让我爱意更缠绵？
即便我之所爱恰是他人所憎，
你不该同他人一道把我怨嫌。
　　假如你的缺陷也曾激起我的爱泉，
　　那么爱你并被你爱就更值得称赞。

151

虽说爱神年幼不懂得何为良心，[1]
可是谁不知良心原是爱心所生？
温柔的骗子你可别揪住我错处，
谨防它成为你也曾犯罪的铁证。
你骗我，我也与粗鄙肉体联手
骗我更高贵的部分：我的灵魂。
灵魂告诉肉体，它可情场获胜，
而那块肉却急迫地等不及声明，[2]
一听到你的名字便昂首指向你，[3]
你是其战利品；瞧它得意之情，
它多么乐于做可怜辛苦的奴隶，[4]
挺立于你宫门，并累倒于你身。[5]

天地良心，我当无愧地叫它作爱，
为了她那宝贝，我总是上下升沉。

152

你知道，为爱你，我背盟负心，
但你发誓爱我，却是双重背信。
你推翻枕前诺，抛弃了新盟誓，
新爱一旦上身，新恨复又酿成。
我曾负你二十遭，又何须责你
两番背盟？我是一贯毁约成性，
赌尽天下咒，只为糟蹋你躯体，
我的真情真心全掉进你的真身。
我曾指天发誓，说你温柔无比，
说你忠贞不贰，说你情浓意真，
我情愿双眼变瞎使你光彩照人，
让眼颠倒黑白，说话不讲良心。

我发誓说你美，于是说谎的眼睛
乐于是非不分，硬为我谎言作证。

---

1 良心（conscience）：此处是双关语。前缀 con- 源自拉丁语，对莎士比亚及其同时代人来说，
　此诗中有 con- 作前缀的词容易使人联系到女性生殖器。——译者附注
2 那块肉：指阴茎。
3 昂首指向：（阴茎）勃起。
4 奴隶:（性）奴隶。
5 挺立:（阴茎）勃起。

153[1]

丢下火炬的爱神沉入梦乡，
给月神的使女把良机送上，
她赶紧拾起逗情激爱之火，
浸入附近山泉，泉水冰凉。
既借得这神圣的爱情火光，
这热量不舍昼夜燃烧激荡，
它使流泉若沸，有人证明
温泉乃包治百病绝妙药方。
爱神借我情人眼点燃情火，
为试功效用火炬触我胸膛，
我因此罹病，向温泉求救，
赶到那儿，心中急躁凄凉。
   温泉失效，因温源在我情人眼，
    就连爱神火炬也只能由它复燃。

154

有一次，小爱神沉沉进入梦乡，
那点燃情焰的火炬就放在身旁，
许多誓保童贞的仙女这时路过，
其中最美的那个仙女玉手轻扬，
将爱神的火炬偷偷地拿在手上，
那火炬曾温暖过千万人的心房。
只可怜这欲望如火的堂堂大将，[2]
竟然在梦中被玉女解除了武装。
她在附近的冷泉里浸灭了火炬，
于是爱火之热永在泉水里隐藏，
从此温泉长在，成为治病良方。
只因为我的情人使我愁锁肝肠，
   我于是到温泉求治，却悟出了真理：
    爱火能使水发烫，水却难使爱火凉。

1　本首诗与第 154 首被某些莎评家认为与莎士比亚其他十四行诗无关。亦有人认为这可能只是
　　希腊诗的译作。——译者附注
2　大将：指爱神丘比特。

译后记

莎士比亚商籁体十四行诗简介及翻译略论

辜正坤

莎士比亚商籁体十四行诗简介

　　《莎士比亚商籁体十四行诗集》（又译《莎士比亚十四行诗集》）大约创作于 1590 年至 1598 年之间，初版于 1609 年，是由伦敦的出版商人托马斯·索普独家印行的，共收诗 154 首，是莎诗集最早、最完全的"第一四开本"。1640 年，又出了一个本森的新版本，少收了 8 首，诗的顺序亦作了若干更动。17 世纪，没有出现过其他版本。莎氏商籁体诗集在莎学界引起巨大的兴趣和争论，有关它的许多谜至今未曾解开。比较流行的看法是，从第 1 首到第 126 首，是诗人写给他的男友，一位美貌的贵族青年的；从第 127 首到第 152 首，是写给一位黑肤女郎的；最后两首及中间个别几首与故事无关。"朋友说"和"黑女郎说"是英国莎学家马隆和斯蒂文斯在 1780 年提出的。在此之前，人们相信这些诗的大部或全部都是歌颂爱人（女性）的。然而"朋友说"虽流行极广，反对者也大有人在。如 19 世纪初的英国诗人兼莎评家柯尔律治（Samuel Taylor Coleridge）就坚持认为莎氏商籁体诗全部都是呈献给作者所爱的一个女人的。根据我个人多年的研究，我的结论是：1）莎士比亚商籁体诗的绝大部分是献给女性的，但不止一位女性；2）其中的一位女性不是别人，正是那位赫赫有名的伊丽莎白女王；3）剩下的一小部分则是献给两位男性朋友的，一位是伊丽莎白女王的宠臣埃塞克斯伯爵，另一位是埃塞克斯的心腹（也是莎士比亚的庇护人）南安普敦伯爵。综观154首商籁体诗，其主题不外描写时间、友谊、爱情、艺术（诗）。往往若干首成一诗组，表现同一题材。粗粗一读，难免给人一种重复感，似乎是诗人随心所欲的练笔之作。但因为诗本身的结构技巧和语言技巧都很高，所以几乎每首诗都有独立存在的审美价值。从诗中的描写的确可以窥见诗人灵魂深处的东西，其人格无异于被较彻底地曝了一次光。这些诗使我们感到，诗人同我们一样，是实实在在的人，充满了激情与苦恼。一方面表现为对善的执着，对恶的鞭挞，对爱情和友谊的憧憬与追求；另一方面又表现为对现实的不满，对理想破灭的厌恨，对道德负罪感的反抗。透过那些闪闪烁烁、或真诚或虚饰的诗行，我们感到诗人的人格的各个方面——崇高与卑劣，伟大与渺小，自矜与自卑——都凸现在诗的屏幕上。我们可以感触到，在全部诗中占统治地位的，归根结底是一个"爱"字（第105首）。在否定中世纪黑暗时代的禁欲主义和神权的基础上，人文主义赞扬人的个性，宣称人生而平等，赋予了人和人的生存以全部重要性和新的意义。莎诗处处浸透了这种精神，处处充满对生活的歌颂与怀疑，对人的本质的歌颂与怀疑，对自我的歌颂与怀疑。在第105首诗中，诗人宣称，他的诗将永远歌颂真、善、美，永远歌颂这三者合一的现象——他的爱友，这实际上等于说，他所歌颂的最高目标就是爱，而真、善、美都最终统一在爱里。

商籁体诗这种艺术形式在莎士比亚手中得到了新的发展。商籁体诗源于意大利。彼特拉克是最早的著名的商籁体诗作者。他的商籁体诗，由两个四行组和两个三行组构成，其韵式为abbabccbdedede。16世纪初叶，英国贵族萨里伯爵亨利·霍华德（Henry Howard, Earl of

Surrey）和托马斯·怀亚特爵士（Sir Thomas Wyatt）把这种诗体移植
到了英国，其形式略有变化。莎氏商籁体诗的韵式同于萨里伯爵的第
一种韵式：ababcdcdefefgg。后来此式遂称为"莎士比亚式"或"英
国式"。莎士比亚在运用这个诗体时，极为得心应手，主要表现为语
汇丰富，用词洗练，比喻新颖，结构巧妙，音调铿锵悦耳。而其最
擅长的是最后两行诗，往往构思奇诡，语出惊人，既是全诗点睛之
笔，又自成一联警语格言。如第2首："如此，你虽衰老，美却会重
生，/你虽精衰血凉，也会借体重温。"第11首："造化刻你是要把你
作为一枚圆章，/多多盖印，岂可让圆章大名虚扬！"第28首："但
白昼日日使我忧心加重，/夜晚则夜夜令我愁思更浓。"第29首："但
记住，你柔情招来财无限，/纵帝王屈尊就我，不与换江山。"第74
首："我这微躯所值全赖有内在之魂，/忠魂化诗句，长伴你度过余
生。"第87首："好一场春梦里与你情深意浓，/梦里王位本在，醒觉万
事空。"第135首："别，别无情拒绝求爱的风流种，/万欲无非是欲，
我欲本可共栖。"商籁体诗在16世纪的英国曾盛极一时，名家辈出，
除上述萨里、怀亚特之外，锡德尼、斯宾塞（Edmund Spenser）、丹尼尔
（Samuel Daniel）等人都获得了很高的成就。莎士比亚之后，弥尔顿（John
Milton）、华兹华斯、雪莱（Percy Bysshe Shelley）、济慈（John Keats）、
布朗宁夫人（Elizabeth Barrett Browning）、奥登（Wystan Hugh Auden）
等算得上后起之秀。但在整个英国商籁体诗乃至世界商籁体诗的创作中，
莎士比亚的商籁体诗是一座高峰，当得起空前绝后的美称。

《莎士比亚商籁体十四行诗集》书名的由来

《莎士比亚商籁体十四行诗集》收集了莎士比亚所有的商籁体诗，包
括个别异文。"商籁体诗"又译"十四行诗"，虽然它比"十四行诗"这

个译法要早，但近数十年来，"十四行诗"却成了流行的译法。两个译法固然各有其长，但我比较赞成"商籁体诗"这种译法。"十四行诗"这种译法的优点是使人一下就知道此诗体是由十四行组成，有点像汉诗的"五言诗"、"七言诗"这类命名。然而，汉诗的五七言诗还分古体（例如五古、七古）绝句、律诗之类，以示更具体的体裁，而"十四行诗"这个译法还太单一，无法暗示出该诗体具体的格律区别，不懂内情的人大概以为诗歌只要排列成十四行，就叫"十四行诗"了，其实西方的十四行诗体，格律相当复杂，非一言可尽（参阅下文）。转而看"商籁体诗"这个译法，就觉得原译者确实译得妙。首先，"商"字妙，叫人立刻联想到商音，联想到宫、商、角、徵、羽这种传统音律，从而联想到诗歌的音乐性；其次，"籁"字亦妙，让人立刻联想到"天籁"之音；此外，"体"字亦妙，让人立刻知道这是一种特殊的诗体，有助于强化读者对诗歌形式特征的敏感性。不过，最妙的是，"商籁体"本身就是英文 sonnet 的译音，而且译得非常逼肖原文的发音。在专门术语的翻译上能这样音、形、义三者兼顾，确实难得。所以，此次借出版莎士比亚诗集的时机，仍以旧译名"商籁体"为名，用意是想让读者多一点欣赏莎士比亚诗歌的角度，不是要取代"十四行诗"这种译法。因为二者可以并行，相得益彰，算是让好的书名翻译尚能重现光彩。

一元韵式与多元韵式：莎士比亚商籁体诗的韵律处理问题

莎士比亚的商籁体诗的韵式是比较严格的，基本上采用的是 ababcdcdefefgg 形式。在翻译的时候是否也采用这个韵式？我的回答是，可以用原诗的韵式译，也可以用符合中国人审美习惯的韵式来译。现行已有的译本，多半都是力图仿照原诗的韵式来译的。这种做法的意图固然很好，但是否是英诗汉译的唯一模式或最佳模式，还有待进一步探讨。

由于诗歌的音美在大多数的情况下属于不可译因素，所以我以为也可以不照搬原诗的韵式，而不妨在讲明原诗韵式的情况下，用中国诗的韵式来创造一种音美，力求译诗音美效果的强烈程度能和原诗接近。

外国诗一般间行押韵（我称之为"多元韵式"），取 ababcdcd … 型较多；而中国诗取 aaba 型较多（即双行一定押韵，且往往是同一个韵，我称之为"一元韵式"）。在翻译的时候，译者往往分为三派：一派是完全按照原诗的办法间行押韵；一派是略作修正按中国的方式押韵；一派是根本不押韵。应该说三派各有利弊。第一派的"利"在于尊重了原诗的间行押韵特点，在音美方面部分地照顾了原诗，其"弊"则在于此种韵脚不为传统的中国读者所熟悉，他们读这样的译诗只感到其形式特别，却难以觉得其韵律美。第二派的"利"在于尊重中国诗的传统，照顾了中国读者的审美习惯，所以往往能在音美方面获得成功，其"弊"则在于未完全按原诗的格式押韵，在音似意义上降低了近似度。第三派由于不受韵律的限制，在遣词造句方面可以自由些，故在内容方面较其他两派更容易近似于原作，其"弊"在于缺乏音美。现举莎翁商籁体诗第 117首译文二种作为第一派和第二派译法的例证：

一一七

这样指控我吧：你的情爱厚深，

而我竟把一切报答完全怠忽；

友谊的羁绊对我日益加紧，

而我忘记乞求你的爱对我赐福；

我和不相干的人们亲密过从，

随便送掉你高价购得的权利；

我扯起帆来接受各方面的风，

送我到离你最远的地方去。

记下我的执拗和错误，
在确证之外再加上揣测；
皱起你的眉头对准我发怒，
可别一时恨起而把我杀射：
　　因为我抗辩说，我确是想要测验
　　你的情爱是否坚贞不变。

（梁实秋 译）

117

恨我骂我吧，对你的大德恩威，
我当追思图报却至今碌碌无为。
每天每夜我对你至爱不曾稍减，
可我总忘记赞颂你深情和妩媚。
我虚掷了你那千金难求的真情，
却不惜屈尊俯就结交无名之辈。
我姑且张帆举棹，任八面来风
吹送我离你而去远渡海角边陲。
现在，请记下我的任性和错误，
你好拥有足够的铁证将我合围。
你大可以任性对我蹙眉又瞪眼，
万不可盛怒之下叫我尸骨横飞：
　　因为我的状纸写得分明，无非要证实：
　　你的爱真，真到今生无悔，百折不回。

（辜正坤 译）

从译诗中可以看出，梁译属于第一派译风，想用 ababcdcdefefgg 的韵式译，除了第 9 行和第 11 行在押韵上重复了第 2 行和第 4 行，成了 bfbf 之外，其余均间行押韵，力摹莎氏的原诗押韵格式，其韵式为 ababcdcdbfbfgg，与莎士比亚原来的韵式 ababcdcdefefgg 十分接近。所以，梁译在这个方面基本上是成功的。但如果为中国读者着想，则上诗的押韵在音美方面就未必美了。读者习惯了传统的中国一元韵式，难以从英诗的多元韵式中得到美感。在汉诗中，当"明月出天山"一出现，我们往往本能地记住"山"是 an（安）韵，因此，当"苍茫云海间"的"间"字一出现时，正和我们的心理期待相同，我们有一种很舒服的感觉，并期待在第四行重新碰到这个 an 音。所以当"长风几万里 ／ 吹度玉门关"的"关"字一出时，人人觉得胸腔里无处不熨帖，无处不舒服。可是读梁译时，由于第 1 行是"深"结尾，第 2 行是"忽"结尾，是二元韵式，读者不习惯于把两种发音都同时记住，顶多记住"深""紧"的韵脚效果，可是刚记住这点，下面又换了韵，读者完全给弄糊涂了，他得另起炉灶，培养起新的韵脚感，并且仍然是二重的！上举梁译的韵脚一一记下来，分别是：深，忽，紧，福，从，利，风，去，误，测，怒，射，验，变。韵脚变换了七次！绝大多数中国读者没有这种审美心理习惯，可能会觉得这首诗好像一会儿押韵，一会儿又不押韵似的。所以这种韵式在取得译诗的音美方面难以取得成功。但这种译法本身也是有功劳的，因为这为中国读者在一定的程度上显示出莎翁商籁体诗原有的押韵格式。

　　辜译则属于第二派译风，其韵式是：aabacadaeafaga。a 是其中的基本韵脚，它们分别是：威，为，媚，辈，陲，围，飞，回。同一个韵脚重复了八次！这使中国读者都能够感受到诗歌应该有的音美效果。换句话说，由于采用了符合传统中国诗中较通行的一韵到底的韵式，辜式押韵法显得流畅、中听一些。这种韵似乎行行都在提醒读者：这是诗。当然，辜译亦有不足处：即未传达莎诗原有韵式。利弊相较，我以为多元韵式（间行韵，如梁译）总使读者觉得自己好像在阅读散文似的，虽也算得一种风格，却不如一元韵式音调铿锵，所以其音美效果在汉译中不太理想。当然，梁译法和辜译法对于诗歌翻译均有利弊，可以互补生辉，而不必独尊一家一法。至于第三种译法，道理十分明白，这里就不再举例了。这些译法与所谓"失之东隅，收之桑榆"的译法相通，全译不可能，则取半可译；半可译尚不能，就取意译、神译、创译，力争形有失而援神补，神有亏而图形胜，自能左右逢源，译笔生辉。这一点中外汉诗英译译者的做法可以参考，他们多半是并不太顾及汉诗本身的押韵格式。例如汉诗一韵到底，译成英语诗后则常常根据情况换韵，很少有能够从头到尾也采用一元韵式的，尤其是当汉诗比较长时，在英译诗中要做到一韵到底，基本上是不可能的。所以，从客观情况来看，翻译诗歌时，根据母语的具体条件灵活处理韵式，这是理所当然的事情。

应当说明的是，我虽然较多地使用一元韵式，却并非首首译诗都用一元韵式，只是整体看来，一元韵式用得要多一些罢了。另外要特别指出的是，译本中有相当多的地方，我还采用了前面十二行使用同一个韵，而十三、十四行（最后两行）却时常故意换韵的做法。为什么？因为莎士比亚十四行诗的最后两行往往在诗意上有突转效果，为突出这个效果，我也就故意在最后两行换韵，期望取得相应的艺术转换效果。但是这个做法并非完全坚持到底，有一部分仍然采用通常的一元韵式结尾。之所以这样，我也是出于一种开放式的试验心理，想看看究竟哪种办法更符合读者的审美情趣。如果一开始就把格式完全定死，有可能堵塞革新的路子。

此外，为弥补一元韵式的不足，只消在诗集的前言或后记里说明莎士比亚原诗的押韵格式是 ababcdcdefefgg 就行了，使读者知道要欣赏莎士比亚原诗的韵脚，应该去读莎士比亚的英文原作，因为英文原作的韵脚基本上都是不可译因素，百分之九十以上是不可能翻译的！韵式和韵脚是两个概念，韵式可仿照，韵脚却基本上不可译。音美主要由韵脚而非韵式来体现。例如梁先生上面的第一一七首译诗中就**没有一个韵脚**是莎士比亚原诗第117首中的韵脚。我们必须明白一个简单的常识：莎士比亚原诗的韵脚音美是根本无法翻译的，就正如唐诗宋词的韵脚音美无法再现于英语中一样，因为这种音美是附着在特定的语言上的，语言改变了，音美的实际表现内容也就改变了。人们只可能在目标语（译语）中另创一种音美，但那绝不是原作的音美。这是梁译派模仿莎士比亚原有韵式只能得其虚不能得其实的根本原因。这也是全世界诗歌翻译界不可能解决的难题。

还有一个问题特别得讨论，即南方音和北方音的处理问题。

南方音和北方音在押韵方面存在很大的差别。古代有许多工具书，例如隋陆法言的《切韵》，唐孙愐的《唐韵》，宋陈彭年、丘雍等修订的《广韵》，宋刘渊的《平水韵》，元周德清的《中原音韵》，以及清张玉书等的《佩文韵府》等，都不同程度尖锐地反映了这个问题。只以带鼻音的字而言，南方音韵很宽泛，绝大部分可以通用作诗歌韵脚，并且在南方人耳中听起来非常和谐。但是，对于北方人来说，带鼻音的字不一定都和谐，例如分、新、兵、昏、争这些音，南方人觉得它们都很和谐，大量的南方诗人也通常用它们押韵，但北方人（尤其是说普通话的北方人）则觉得这几个音并不很和谐，最多只是贫韵，并非全韵。王力先生的《汉语诗律学》在数十年前也讨论过这个问题，但并没有提出解决办法。我的办法是尽量照顾南方音，但有时又兼顾北方音。

有些字的发音，南北音差别很大，则需要很小心地在二者之间找到某种妥协办法。毛泽东的《贺新郎·读史》，南方人读起来音韵很和谐，全部韵脚都是很谐调铿锵的（粗体字为韵脚）：

人猿相揖**别**。
只几个石头磨过，
小儿时**节**。
铜铁炉中翻火焰，
为问何时猜**得**？
不过几千寒**热**。
人世难逢开口笑，
上疆场彼此弯弓**月**。
流遍了，
郊原**血**。

一篇读罢头飞**雪**，
但记得斑斑点点，
几行陈**迹**。
五帝三皇神圣事，
骗了无涯过**客**。
有多少风流人**物**？
盗跖庄蹻流誉后，
更陈王奋起挥黄**钺**。
歌未竟，
东方**白**。

但北方人读起来，好几个关键地方不押韵，例如"得"、"热"、"迹"、"客"、"白"。大多数南方人却认为它们是完全押韵的字（只有个别地方的南方人感觉"迹"字不一定押韵）。由于这个原因，碰上某些发音完全不相同的南北方音（如上例"热"、"迹"、"客"、"白"等），我都尽量不用，而使用南北方人发音相同或近似的字。

其次是平仄问题。

对于汉语诗歌来说，在近代诗歌里，平仄其实比音韵还重要。如果一个诗歌爱好者对于传统绝句、律诗和词曲的平仄规律没有一定的知识，就很难欣赏现代汉语诗歌在这方面的美感。我在将西方诗歌（包括莎士比亚作品）翻译成汉语诗歌时，在平仄方面比较留心。我翻译了莎士比亚的戏剧诗和十四行诗一万多行，差不多都考虑了平仄因素。我当然不是严格地按律诗或词曲的平仄要求来做，而是利用了绝句、律诗、词曲的某些平仄规律来处理外诗汉译问题。具体说来，一行诗中，要适当注意行内某些重点字的平仄，各行诗句最末字的平仄尤其关键。一般说来，上下相邻的两行诗的最末一字避免同调。偶有同调，可设法补救（例如拗救）。

南方和北方语言的声调是大大不同的。幸运的是，二者之间有对应性转换关系。以四川话为例，凡是一声（阴平声）的字，普通话也念一声（个别例外）。凡是第三声，普通话通常念第四声。只有第二声，普通话和四川话的对应很不规则。一个诗歌写作者和翻译者必须很小心地处理这个差别。否则写出或翻译出的诗歌在南方音里朗朗上口，在普通话里却佶屈聱牙。

由于以上原因，中国的诗歌创作与翻译面临很大的问题。如果完全以普通话作为发音标准，则有很大一部分汉字的韵调会受到限制。许多中国大诗人（包括毛泽东）的作品如果按照普通话念在韵调方面都不够理想。如此看来，似乎应该对普通话的应用范围加以某种限制。具体说来，在诗歌创作与诗歌翻译领域，不能把普通话发音作为唯一的评判标准来要求诗人和翻译家遵守。但是在其余的领域，包括人们口头交际和写作，还是应该以普通话作为比较统一的标准。关于这个问题，我当另文阐述，此不赘。

由此看来，我的翻译在押韵与平仄方面面临很大的挑战。我既要讨好南方人，也要讨好北方人。我是在尽量想寻找两方面都能接受的韵调，这当然会加大诗歌格律应用的难度。目前我使用的押韵字眼很多符合南方音，并不很符合普通话，但也不与普通话完全矛盾。我总是在寻找妥协的道路。我做得究竟如何，究竟南方、北方读者能够接受到什么程度，我还没有答案。但是，我觉得这个方向还是正确的，希望有志者能够参与进来，大家共同探讨这个问题，共同进步。

莎士比亚商籁体译诗的语言风格问题

关于译诗风格问题，也很值得探讨。这个问题我已经在《中西诗比较鉴赏与翻译理论》（清华大学出版社，2003）中有系统阐述，这里只能就这个译本相关的方面简单说几句。莎士比亚商籁体诗措辞通常十分华丽，所以译诗也须相应华丽，才能与原作辞气相合。如果译得太朴质，虽也算一种风格，终究有背原作诗风。如果译得太古奥，在当今白话盛行的时代，显然是不适宜的。我的做法是不译成古体诗，但注重词汇用语须雅致，与大白话保持适当的距离。所以这个集子中的译诗基本上都是白话译诗，但也包含了笔者极少量的几首具有古风的译诗。饶有趣味的是，诗歌翻译界在评论拙译的时候，多半比较推重古体译诗。例如许渊冲先生曾在1990年的《人民日报》（海外版）上发表《山外青山楼外楼》一文，认同钱锺书先生的"文学翻译的最高标准是化境"观，并引证拙译莎士比亚第129首，认为该译诗就是达到"化境"的例证。下面即拙译莎士比亚十四行诗第129首：

129

损神，耗精，愧煞了浪子风流，

都只为纵欲眠花卧柳，

阴谋，好杀，赌假咒，坏事做到头；

心毒手狠，野蛮粗暴，背信弃义不知羞。

才尝得云雨乐，转眼意趣休。

舍命追求，一到手，没来由

便厌腻个透。呀，恰像是钓钩，

但吞香饵，管叫你六神无主不自由。

求时疯狂，得时也疯狂，

曾有，现有，还想有，要玩总玩不够。

适才是甜头，转瞬成苦头。

求欢同枕前，梦破云雨后。

　唉，普天下谁不知这般儿歹症候，

　却避不的偏往这通阴曹的天堂路儿上走！

我想，许先生对我的译诗的评价固然只是一种溢美之词，但也反映出古体译诗风格是值得我们尝试的。

台湾大学著名教授彭镜禧先生在 2006 年 10 月 15 日的台湾《联合报》上撰文《新声与新貌》评论拙译《莎士比亚十四行诗集》（台湾书林出版社，2006），认为我的译本中"最精彩的莫过于第六十六首"。而这第 66 首译诗恰好也是古体风格，这与许渊冲先生引证的第 129 首译诗的风格可谓不谋而合。这里征引如下，以飨对此问题感兴趣的读者。彭先生说：

　"北京大学辜正坤教授于 1998 年出版的《莎士比亚十四行诗集》，即将在台北发行正体字版。他对韵脚的翻译有独到的看法。简单的说，他认为莎翁 ababcdcdefefgg 的'多元韵式'并不符合中国读者对音韵美的感觉,'总使读者觉得自己好像在阅读散文似的,虽也算得一种风格,却不如一元韵式音调铿锵。'因此他'采用了符合传统中国诗中较通行的一韵到底的韵式',以求'流畅、中听'。这和以往译本力求追随莎翁原诗多元韵式(同时也是开放韵式)的方向,可谓大相径庭。

　　一旦韵脚松了绑,译文自然就可以更加活泼自由;也可以说,为了尽量达到一韵到底,有时必须稍微更动原诗的意思——就如为了保持原诗的多元韵式,许多译者也必须更动原意或诗行或意象。正因为一元韵式是中国诗歌的主流,译文要达到最佳效果,尤须有深厚的国学根柢,才有可能使莎士比亚真正入籍中华。辜教授以他对原诗精当的理解,以及对中文准确的掌握,成品斐然成章,流畅可诵。其中最精彩的,莫过于第六十六首:

> 难耐不平事,何如悄然去泉台,
> 休说是天才,偏生作乞丐,
> 人道是草包,偏把金银戴,
> 说什么信与义,眼见无人睬,
> 道什么荣与辱,全是瞎安排,
> 少女童贞,可怜遭横暴,
> 堂堂正义,无端受掩埋,
> 跛腿权势,反弄残了擂台汉,
> 墨客骚人,官府门前口难开,
> 蠢驴们偏挂着指迷释惑教授招牌,
> 多少真真话错唤作愚鲁痴呆,
> 善恶易位啊,小人反受大人拜。
>
> 　　不平,难耐,索不如一死化纤埃,

　　　　待去也，又怎好让爱人独守空斋？

原诗十四行当中，有十行用 And 起首，第一行和第十三行又都用
Tired with all these 起首；如此大量使用修辞学中的首词重复法
（anaphora），令人读来格外有人生乏味、可厌之感。前人的翻译对此
一修辞法多半束手，辜译则利用相似词义或相似语法以为弥补，效果良
好，而用韵、遣词、节奏颇有旧词曲的韵味，更是成功的关键。讨论翻
译，近有所谓'归化法'和'异化法'之说。辜译可以划入前者。"

　　　　　　　　　　　　　　　　（见2006年10月15日台湾《联合报》）

　　诗歌是一种语言艺术，诗歌翻译也就当然必须是一种语言艺术。把
莎士比亚诗歌的含义比较准确地传达过来，只是达到了翻译的初级水平。
能够进一步把他的诗歌翻译成流畅的汉语，则是达到了中级水平。如果
能够把他的诗歌翻译成具有高级语言艺术的作品，才算达到了高级水平。
什么叫语言艺术？"太阳落到山背后去了"只是口语，诗味淡薄，甚至
难以归入真正的具有语言艺术的诗歌。但是，"白日依山尽"虽然表述的
是同一个意思，却肯定是诗，因为其表述形式具有高度的艺术性。不同
的字词经过诗人的精心组合、搭配，才能达到高级的具有艺术性的诗的
效果。这是个简单的道理。我希望中国的诗歌翻译能够沿着这样的思路
更上一层楼。

莎士比亚商籁体译诗的双关语及其他译本问题

　　还有一点应该提到的是，莎士比亚在商籁体诗中喜用双关语，尤其
是性方面的双关语。这是翻译中最难的部分。如果一点不反映出莎士比
亚商籁体诗的这个特点，那么无疑是在一定的程度上歪曲了莎士比亚，
同时从这一特点也可以看出伊丽莎白时代的某种世俗风气；但如果过分

渲染莎诗的这一特点，则对于普通中国人来说，又未免有伤风化。所以我总是很小心地对待这个问题，尽量用比较隐晦的双关语来模拟传达莎士比亚商籁体诗中的性暗示，同时也考虑到中国人的接受能力。

翻译莎士比亚商籁体诗对笔者来说是一种享受。在翻译之前，笔者曾阅读过梁宗岱、屠岸、梁实秋等先生的译本。梁宗岱先生的译本相当严谨，规行矩步，尽量扣紧原诗，译诗是成功的；缺点是过分拘谨，句式较板滞，似乎缺乏莎士比亚原诗那种华美律动的诗风。屠岸先生的译本在用语通顺流畅方面下过很大的工夫，读起来颇具诗味，是相当成功的译本，也是我很喜欢的一个译本。不过在屠译中莎士比亚原诗的华美风格稍稍有所减弱。梁实秋先生的译本则比前两家都朴素，开了另一种译风，加上对诗行中的语言难点有注解，所以既有可读性，也有学术性。缺点是语风过于浅白，诗味不及前两家浓郁。总起来说，这几个译本都起过很大的作用，功劳是很大的。拙译则是试图另辟蹊径，补苴罅漏，尽量从语言艺术性方面努力，以期让莎士比亚商籁体诗多一种供读者鉴赏的面目，结果如何，则尚待读者的评判。